對類卷之二

地理門

一字 平

○山水第一

山 地勢高峙曰山
峯 尖山
岑 山小高
巒 山狹高

實字

巖 山有石巖
崖 石山尖者
岡 山脊
丘 小阜又四邑爲丘
陵 大阜
阿 大陵曰阿
坡 阜之平處
林 衆木成林
江 水出岷山
河 出崑崙山
淮 出桐栢山
湖 廣浸曰湖
溟 北海曰溟
川 水通流曰川
溪 水注川曰溪
潭 深水曰潭
淵 積水成淵
沙 碎石曰沙
洲 水中沙起
汀 水邊平地
灘 淺急爲灘
坻 音池 水涯
津 河水橫處
干 岸上
磯 釣魚磯
濤 大浪
瀾 大波
泉 水源曰泉
潮 海潮
陂 壅水
塘 圓者曰塘
溝 通水
渠 溝渠
堤 堤岸
田 種禾地
疇 田疇
園 種花木
籬 以竹爲之
畦 蔬圃
波 水湧流
池 池塘

仄

蹊 山之小路
郊 邑外曰郊
埛 林外曰埛
墻 築土爲之
垣 墻也
墟 丘墟
塵 塵埃
阡 路東西曰阡
泥 水和土也
原 高平曰原
衢 四達爲衢
途 路途
邊 邊塞
隄 岸上路
村 村郊
水 天一生水積陰之氣
海 天池也淼茫無際納百川
渤 溟渤北海
濟 淮濟
澮 水注溝也
瀆 水注澮也
浪 波浪
溜 泉溜
瀨 灘水
沚 水中有沙起小渚也
激 水湍
渚 水中沙突起小洲也
磧 水渚有石
澗 山夾水也
峽 兩山之間
壑 水通谷
瀑 飛泉
澤 瀦水
堰 大陂
岸 水涯高處
沼 池沼也
潦 無根水
港 水分處
隰 低濕處
地 重濁爲地
土 地能吐物
壤 土壤
嶽 五嶽
島 水中有山
嶼 水中小山
洞 山之空者
岫 山有孔穴
嶂 山高而險
嶠 山之高銳
塢 小障
壁 石壁
谷 山之窮處
坂 大坡不平
阜 土山
麓 山之足
藪 澤無水
石 土精爲石
野 牧外曰野
畎 田中溝
隴 田中高處
洫 溝洫
陌 阡陌
路 人行處
徑 小路
圃 園圃
苑 有垣曰苑
囿 無垣曰囿
堵 墻堵
牧 郊外曰牧
道 四達曰道
汐 暮潮曰汐
畝 唐食貨志其長二百四十步爲畝

對類卷之二

地理門

○山水第一

嶺山頭 渡人渡水處 浦水口別通曰浦 巘山上大下小

。州縣第二

平 實字

州州郡 軍軍州 都十邑爲都天子所居曰都 邦邦國 墀天子階前曰墀

畿天子千里之地曰畿 關門關 邊邊境 疆兩國之界 廛市中虛地 村鄉村

岐二達曰岐 城築土爲城 街四通道也 鄉萬二千五百家爲鄉 墟村市曰墟

仄

縣百里之地 邑四井爲邑 府州之大者 國邦國 市交易買賣之所 郭城郭

壘軍壁 陛天子陛下 堞城上有牆 塞邊塞 境界限之地 郡州郡 砌階砌

里閭里 鎮村市有官謂之鎮

。深淺第三

平 虛字 死

深不淺也 危險也 巍嶺高 平坦平 低山不高 澄水清澄 幽幽靜

奇奇怪 窮極處 夷平夷 孤單獨 喬高也 尖上小下大 荒荒蕪

崇高也 彎水曲 卑低也 長遠也 名有名 汙汙濁 方四角

通通達 橫平橫 遙遠也 疎不密 回迂回 層重疊 微微細

輕輕細 明光也 清水淨潔 高山高峻

仄

淺不深 渺渺渺水闊 涸水乾 淨淨潔 急速也 遠迢遞 狹窄隘

沃地肥 瘦地瘠 峭山高 絕極險 疊重也 靜寂也 古舊時

勝名勝 邃深邃 秀清秀 近不遠 僻僻靜 闊廣闊 峻高峻

險危險 屹山高峻 曲彎曲 怪怪異 迥遠也 廣廣闊 曠曠遠

瑩瑩淨 溢水泛 斷不相連

。流峙第四

平 虛字 活

流水行 浮水泛 涵沉涵 飛水自上下 圍遶也 盤曲也 排列也

傾傾側 沉沉沒 環環遶 堆聚土成堆 奔奔逐 翻翻起 生水生

遮遮蔽 藏隱也 埋埋沒 搖搖蕩 漂流也 通通達 澄澄清

迴迴環 鳴水有聲

迴迴環 島水中有 洲 理迴還 堤 潾 通 瀛

平 遠遠遊 瀟瀟湘 環環流 摧推流 奔奔赴 翻翻波 生水生

傾傾回 沇沇 迴迴流 飛水飛下 圓圓迴 澄澄也 拂拂也

流水行 沙 ○ 流 洛 第四

瑩瑩淨 溢水溢 灣灣曲 不相連 怪怪異 迴迴遠 廣廣闊 曠曠遠

險危險 屹山屹高 曲灣曲 秀清秀 近不遠 僻僻靜 闊廣闊 峻高峻

勝名勝 邃深邃 峭山峭 高山高 疊重疊 靜寂靜 古舊時

仄 沃肥沃 瀉水瀉 淵 濯水濯 淨 急急速 速迅速 峽峽

瀲 沕 明光明 清 高山高 遠遠也 疾 回迴 會會 疊

通 通達 橫平橫 遠遠也 暖不寒 回迴回 會 重疊 盤盤曲

崇高也 巒 水曲 平平低 長遠也 名有名 汙 下 方四角

奇奇險 溪水溪 爽平爽 孤單獨 喬高不山 尖上 清水 荒荒蕪

平 深不淺 流 險也 巍 高 平平坦 低山 澄 湧 幽幽靜

○ 深淺 第三

里閭里 鎮村市 右 管轄 之鎮 境 之界 地限 郡 州郡 坊 鄰坊

壘 軍壘 陸 下 地下 邑 有城 塞 邊塞 市 交易貿賣之所 郭 城郭

縣 之百里 邑 城 高四 府 大州 國 都 邦國 場 五百家 之市 村 鄉村

仄 嶽 二十 城 城土 衛 之所 鄉 萬二千五百家 疆 邊疆 處 天子

峽 口 壤 幾里 關 門 邊 邊境 畿 天子 所居 圍 宮

州 州 軍 軍 都 都 邦 邦國 畿 天子 前曰 殿

平 ○ 州 縣 第二

嶺 山頂 渡 水入處 浦 水口別通曰浦 巖 山上大下小

〔仄〕峙山立 聳高起 簇成堆 浸浸潤 潄水噴 激衝也 漲水泛
遶環也 湧迸出 隔間隔 注流也 抱回抱 拍拍擊 捲捲起
衮衮起 濺水所滴 滴洒滴 潤滋潤 歛收歛 擁蔽也 迸奔迸
鎖封鎖 列排列 蘸水蘸 漾蕩漾 映照映 灌澱灌 没沉也
泛浮也 涸枯竭 洗滌也 拱揖也 瀉澆瀉 障截壅 擊打也

〔二字〕〇江山水石第五 〔並實〕

〔平〕江山 溪山 湖山 丘山 關山 山林 山岩 山川
山河 關河 江河 江湖 江淮 林泉 林巒 林峒
林丘 林塘 岩崖 峯巒 郊垧 郊丘 郊原 郊墟
臺池 城池 城壕 丘陵 丘墟 川原 田園 丘園
園林 園籬 藩籬 園池 陂池 陂塘 池塘 田疇
源泉 淵泉 岡巒 波濤 波瀾 津涯 溝渠 泥沙

塵沙 塵埃 汀沙 河沙
〔上仄〕井田 町畦 道途 路岐 壠坡 澗溪 石崖 隰原
土田 井丘 畛畦 水泉 渭涇水名
〔仄〕水石 水澤 嶽瀆五嶽四瀆 沼沚 澗沼 澗谷 澗壑
苑囿 島嶼 畎畝畎田中溝也畝田也六尺為步步百為畝 藪澤 巷陌 里巷
井里 壠嶼 海陸 水陸 岸谷 道路 水土 土地
鄙野 分野 畎澮 隴畝
〔上平〕山水 山海 山澤 山谷 山野 山岳 江海 湖海
河海 淮海 川谷 陵谷 岩壑 岩穴 巢穴 溝澮
林藪 郊藪 丘藪 丘澤 溪谷 原野 郊野 林麓
林野 洲渚 灘瀨 巖谷 巘岫 園圃 園囿 溪澗
阡陌田中路也東西曰阡南北曰陌 蹊徑 丘壑 林壑 溪壑 泉石

籬落　崖谷　丘隴　壟土　溝瀆　邊塞　場圃　波浪

原隰（高平曰原下平曰隰）　汀渚　津渡　川澤　涇渭　池沼　田土

田地　田野　川陸

○巖泉野燒第六（巖中有泉野中之燒二字一義）　並實

平　巖泉　山泉　源泉　江流　川流　江波　江潮　江濤

池氷　津流　溪流　湖波　汀沙

上仄　石泉　洞泉　井泉　野泉　海濤　海潮　海波　澗泉

沼波　水波　瀑泉

仄　野燒　野火　野水　海水　渚水　石溜　海浪

上平　江水　溪水　巖瀑　湖水　池水　山燒　巖溜　淵水

潮水

○吴山楚水第七（與天文門堯天舜日互用）　並實

平　吴山（臨安）　閩山（福建）　燕山（北地）　巫山（峽口有神女廟）　湘山（湖南）　嵩山（中岳）　商淵

衡山（南岳）　荆山　蓬山（仙山）　緱山（王子晉升仙之地）　丹山（建寧府梅福鍊丹處）　箕山

商山　崑山　湘江（湖北）　吴江　松江（並平江路）　荆江　陽關

錢塘（杭州）　秦川　衡陽（湖南）　金陵（建康）　商郊　周郊　秦郊　耶溪

浯溪　樊川　隋河　藍田　章臺　虞朝　秦淮　隋園

嚴灘（嚴子陵釣處）　隋堤（煬帝築在汴州）　梁園　周京　周邦　周原

藍橋　藍關（韓雪擁藍關馬不前）　函關　商巖　堯衢　堯都　秦城

莊濠　秦京

上仄　蜀江　楚江（湘江）　錦江（川江）　越江　浙江　蜀川　渭川　輞川

孟津　泰山（東岳）　蜀山　華山（西岳）　楚山（荆湖路一帶皆是）　建溪（建寧路）

越溪　剡溪（紹興）　鑑湖（同上）　岳陽（岳州）　漢都　漢淵　劍門　劍津

劍潭（南劍州張華劍化龍處）　劍關　武陵（常德州桃花源）　禹河　禹都

武夷（仙山在建寧府崇安縣）　漢京　漢闕　蜀都　傅巖　孔牆

謝庭　謝池　鄭鄉　渭城　錦溪（建陽）

【仄】楚水（荊湖一帶皆是）　汴水（東京）　洛水（西京）　漢水（荊襄）　錦水　渭水　泗水

灞水　灞岸　禹水　楚岸　洛浦　合浦　楚峽（巫山）　華岳

泰岳　庾嶺　蜀國　越國　蜀地　蜀道　禹澤　錦里

楚塞　楚澤　禹甸　禹浪（杜禹門三級浪）　禹服　漢郡　漢苑

魯國　闕里（孔子所居之處）　蔣徑　傅野　牧野

【上平】巫峽　嚴瀨　湘岸　湘水　淮水　堯水　周水　唐澤

閬嶺　彭澤（陶淵明所居處）　嵩岳　衡岳　廬阜（南康）　梁苑（漢梁孝王花園）

金谷（石崇有金谷園）　吳渚　隋苑　秦嶺　燕谷　顏巷　袁渚

湘浦　華野　莊海　文園　文沼　潘縣　陶徑　商邑

沂水

○蓬萊閬苑第八

【平】蓬萊（山名）　蓬壺　蓬瀛　瀛洲　扶桑　崑崙（山名）　瀟湘　陽臺

新豐　終南（山名）　昆明（池名）　金明（同上）　長安　咸陽　岐陽　崆峒

【上仄】洛陽（西京）　武城　富春（山名）　洞庭（湖名）　首陽（山名）　若耶（溪名）

【仄】閬苑　泰華　玉井　少室

【上平】方丈　雲夢　蓬島　弱水

○高山遠水第九　與天文門長天永日互用　【上虛】死【下實】

【平】高山　遙山　平山　深山　前山　長山　幽山　橫山

崇山　方山　荒山　名山　空山（杜空山草木長）　遙岑（杜遙岑出寸碧）

危岑　高岑　閑山　長巒　高巒　高峯　遙峯　奇峯

尖峯　危峯　前峯　高巖　幽巖　崇巖　平巖　深巖

中林　喬林（高也）　平林　深林　高林　幽林　疎林　芳林

中林 喬林 平林 深林 高林 幽林 棘林 芳林
尖峯 危峯 前峯 高巖 幽巖 深巖 平巖 奇峯
穹本 高本 閑山 長巖 高嶺 危峯 遠峯 奇峯
崇山 方山 荒山 名山 空山 本在山 遠谷 古道
高山 遠山 平山 深山 前山 長山 蜀山 黃山
〇高山遠水 □九 興天文門見天木日□□
方丈 雲夢 蓬島 藥木
閬苑 泰華 王井 少室
洛陽 京西 武城 富春 名山 洞庭 名湖 首陽 名山 太華 名湖
新豐 淡商 名山 崑明 名池 金明 上同 長安 咸陽 岐陽 山名
蓬萊 名山 蓬壺 蓬瀛 瀛洲 扶桑 蒼梧 名山 瀟湘 岳陽
〇蓬萊閬苑第八

汴水 華亭 淮海 文園 文昭 灞陵 陶徑 商丘
湘浦 金谷 吳淞 隋苑 秦嶺 灤合 顯林 交諸
金谷 谷名 圖有金 遠澤 名湖 明亦 嵩岳 衡岳 廬阜 東西 梁苑 王漢 園名
閬苑 巖瀨 湘岸 湘水 淮水 漢水 周水 磨澤
巫峽 巖瀨 湘岸 湘水 淮水 漢水 周水 磨澤
魚國 隱里 北山 原 各 華嶽 傳野 牧野
楚澤 蛇洞 禹穴 禹門 禹服 滇池
泰岳 鹿嶺 巴國 越國 蜀池 蜀道 禹澤 錦里
漏水 湘岸 禹水 楚岸 洛浦 合浦 楚峽 山西 華岳
楚水 首陽 一帶 汴水 京東 洛水 京西 漢水 錦水 酒水
湖海 謝池 鄭鄉 鴻城 館娃 漢陽 遠
武夷 山在 建寧 布壽 漢京 漢關 蜀都 傳巖 九疑

平郊 荒郊 長郊 平原 高原 深原 窮原 高崖
幽崖 前村 芳村 深村 荒村 平園 名園杜依名園綠水
芳園 幽園 荒園 平畦 脩畦 踈籬 芳蹊 幽蹊
旁蹊 高岡 崇岡 高丘 崇丘 荒丘 長河 平田
閑田 荒田 新田 長城 高城 嚴城上元詩皓月浸嚴城
長江 平江 澄江 深江 前江 清江 通津 平津
平川 長川 深川 平疇 深溝 清溝 通溝 汙溝
幽泉 甘泉 長壕 深淵 澄淵 平湖 清湖 澄湖
澄潭 深潭 回潭 清潭 長溪 橫溪 清溪 前溪
深溪 橫塘 回塘 方塘 幽塘 深塘 幽池 芳池
圓池 平池 清池 汙池 方池 清源荀源清則流清
通渠 汙渠 深渠 通津 長汀 平汀 幽汀 平沙

圓沙 長沙 長堤 平堤 芳堤 幽堤 高堤 平洲
芳洲選採芳洲兮杜若 中洲 長洲 圓洲 荒陂 深陂 長途
脩途 通途 窮途 危途 迂途 亨衢平通也亨衢照紫泥
芳街 平街 香街 香塵 香泥 芳塵 輕塵 纖塵
徵埃 芳埃 清坡 平坡 荒坡 芳坡 澄波 徵波
輕波 回波 橫波 洪波 狂瀾韓回狂瀾於既倒 輕瀾 狂濤
洪源 清漪 清漣 洪濤 驚湍選驚湍如岩阿 通衢達也 空城
上平
淺山 好山 故山 舊山 近山 古山 斷山 遠峯
秀峯 峭峯 亂峯 茂林 遠林 密林 上林 遠郊
近郊 遠村 小村 遠江 大江 曲江 巨川 大川
小畦 小池 曲池 曲堤 遠堤 小堤 遠汀 小汀
古津 要津 古潭 古溪 小溪 小蹊 小洲 古洲

古津 要津 古潭 古溪 小溪 小澗 小洲 古洲
小畦 小池 曲池 曲堤 遠堤 小堤 遠汀 小汀
近郊 遠村 小村 遠江 大江 曲江 巨川 大川
秀峯 晴峯 亂峯 茂林 連林 密林 上林 遠郊
後山 好山 故山 舊山 近山 古山 鄰山 遠峯
洪源 清瀾 清漣 洪濤 驚瀾 [illegible] 迴瀾 [illegible] 安瀾
輕波 回波 橫波 洪波 狂瀾 [illegible] 輕瀾 狂濤
微溪 芳溪 清波 平波 荒波 芳波 逆波 微波
芳街 平街 香街 香塵 香泥 芳塵 輕塵 纖塵
脩途 通途 窮途 危途 迂途 亨衢 [illegible]
芳洲 [illegible] 中洲 長洲 圓洲 荒陂 深陂 長途
圓沙 長沙 長堤 平堤 芳堤 幽堤 高堤 平洲

通渠 汀渠 深渠 通津 長汀 平汀 幽汀 平沙
圓池 平池 清池 汀池 方池 清淤 [illegible]
深溪 橫塘 回塘 方塘 幽塘 深塘 幽池 芳池
澄潭 深潭 回潭 清潭 長溪 橫溪 清溪 前溪
幽泉 甘泉 長泉 深淵 澄淵 平湖 清湖 澄湖
平川 長川 深川 平疇 深溝 清溝 通溝 汀溝
長江 平江 澄江 深江 前江 清江 通津 平津
閑田 荒田 新田 長城 高城 層城 [illegible]
荒溪 高岡 崇岡 高丘 荒丘 長河 平田
芳園 幽園 荒園 平畦 脩畦 疏籬 芳溪 幽溪
幽崖 前村 芳村 深村 荒村 平園 名園 [illegible]
平郊 荒郊 長郊 平原 高原 深原 荒原 高原

小塘 曲塘 遠灘 急灘 險灘 迅灘 急流 細流
逆流 順流 淺波 急波 曲波 細波 洌泉 細泉
險崖 斷崖 峻坡 小坡 淺沙 大田 甫田 小園
故園 曲園 坦途 怒濤 故鄉 遠鄉 遠山 亂山
大山 小山

仄

遠水 曲水 大水 淺水 小水 細水 急水 活水
大海 巨海 巨浸 古澗 曲澗 遠澗 小澗 遠渚
近渚 淺渚 別浦 遠浦 小浦 斷港 巨港 曲岸
遠岸 古岸 絶岸 別岸 小岸 斷岸 小沼 曲沼
廢井 古井 峭石 怪石 亂石 遠岫 列岫 遠嶂
小嶂 斷壁 峭壁 絶壁 遠嶼 曠土 廣土 故道
遠道 隙地 遠地 古徑 曲徑杜小徑曲通村 小徑 狹徑

捷徑 險徑 小路 古路 正路 要路 大路 遠路
徑路 上苑 內苑 曠苑 陋巷顏子在陋巷 古巷 小巷
曲巷曲巷勒回風 僻巷 遠塞 絶塞 勝境 絶境 別圃
小圃 淺浪 巨浪 細浪 急浪 駭浪 遠島 絶島
絶巘 古洞 邃谷 廣谷 邃塢 小塢 峻嶺 絶嶺
沃壤 廣野 曠野 迥野 沃野 秀野 遠坂 廣坂
廣陌 秀陌 野墅 絶壑 淺瀨 古磧 激溜 勝地

上平

流水 深水 清水 洪水 深海 深澗 幽澗 幽浦
芳浦 幽渚 平渚 深渚 深沼 方沼 圓沼 清沼
平沼 幽沼 新沼 長岸 平岸 高岸詩高岸為谷 芳岸
回岸 深井 方井 圓井 深谷 幽谷 空谷 窮谷
高岫 危岫 深洞 幽洞 空洞 平野 芳野 荒野

高岫 危岫 深洞 幽洞 空洞 平野 荒野
回岸 深井 方井 圓井 深谷 幽谷 空谷 窮谷
平沼 幽沼 新沼 長岸 平岸 高岸（詩高岸為谷） 芳岸
芳浦 幽渚 平渚 深渚 深沼 方沼 圓沼 清沼
流水 深水 清水 洪水 深瀨 深澗 幽澗 幽浦
廣陌 秀陌 野壁 絕壑 狹瀆 古瀆 激湍 勝地
沃壤 廣野 曠野 迴野 沃野 秀野 遠坂 廣坂
絕巘 古洞 邃谷 廣谷 遠嶠 小嶠 峻嶺 絕嶺
小圓 淺波 巨波 細波 急波 驚波 遠島 絕島
曲巷（風曲巷轉回） 僻巷 遠塞 絕塞 勝境 絕境 別圃
徑路 上苑 內苑 曠苑 陋巷（[illegible]） 古巷 小巷
捷徑 險徑 小路 古路 正路 要路 大路 遠路

遠道 險地 遠地 古徑 曲徑（[illegible]） 小徑 狹徑
小嶂 斷壁 峭壁 絕壁 遠嶼 曠土 廣土 故道
廢井 古井 峭石 怪石 亂石 遠岫 列岫 遠嶂
遠岸 古岸 絕岸 別岸 小岸 斷岸 小沼 曲沼
近渚 淺渚 別浦 遠浦 小浦 斷港 巨港 曲岸
大海 巨海 巨浸 古澗 曲澗 遠澗 小澗 遠港
遠水 曲水 大水 淺水 小水 細水 急水 活水
大山 小山
故園 曲園 近郊 荒疇 故鄉 遠鄉 遠山 亂山
險崖 斷崖 峻岅 小坂 淺沙 大田 甫田 小園
逆流 順流 淺波 急波 曲波 細波 河泉 細泉
小灘 曲灘 遠灘 急灘 險灘 亂灘 急流 細流

芳地　高嶺　遥嶺　危嶺　芳徑　荒徑　斜徑韓一徑向池斜
幽徑　香徑　芳苑　深苑　名苑　芳圃　荒圃　名圃
芳園　繁園　名園　深巷　空巷　窮巷　幽巷　平坂
長坂　幽坂　幽壑　深壑　盤石　危石　奇石　洪浪
高浪　回浪　清浪　平浪　新漲　清瀨　橫隴　高隴
平隴　深井　荒井　香陌　深塢　夷路　高岳　方岳

○山高水遠第十 與天文門天高日遠互用 上實 下虛 死

平 山高　山遥　山長　山深　山幽　山尖　山低　山明
溪長　溪清　溪深　溪平　溪回　波平　波澄　波寒
波輕　波明　江平　江長　江深　江澄　江清　江明
林深　林疎　林幽　林高　泉深　泉枯　泉清　泉甘
源深　源清　源澄　流長　堤長　堤平　湖平　湖深

湖清　湖澄　池深　池平　池清　池幽　池明　川明
川平　潭深　潭清　淵深　塵清　塵深　沙平　沙明
潮平　潮高　泥深　泥融　河清
上仄 水澄　水深　水長　水清　水遥　水橫　水平　浪平
浪高　海清　海深　沼清　沼深　岸長　岸幽　岸高
徑荒　徑幽　地幽　地偏　地深　洞幽　洞深　澗清
嶺橫　嶺高　嶺長　路迂　路長　路平　路遥
仄 水遠　水曲　水淺　水闊　水涸　水細　水大　水靜
水秀　水活　水慢　水急　水滿　岸曲　岸迥　岸絶
岸闊　浪靜　浪遠　浪急　海闊　澗闊　峽險　地迴
地險易坎卦地險山川丘陵也　地遠　地僻　地厚　地久　地靜
野闊　野靜　野曠　野迥　野潤杜野潤烟光薄　嶺峻　路遠

野闊 野靜 野曠 野迴 野潤（杜詩野潤煙光薄） 嶺峻 路遠

地險（易地險山川丘陵也） 地遠 地僻 地厚 地久 地靜

岸闊 波靜 波遠 波急 海闊 岸闊 岸險 地迴

水香 水活 水慢 水急 水滿 岸曲 岸迥 岸斷

〔入〕水遠 水曲 水淺 水闊 水迴 水細 水大 水靜

嶺橫 嶺高 嶺長 路迂 路廣 路平 路遠

徑荒 徑幽 地幽 地偏 地深 洞幽 洞深 澗清

波高 海清 海深 路清 沼深 岸長 岸幽 岸高

〔上〕水遼 水深 水長 水清 水遠 水橫 水平 波平

潮平 潮高 沅深 沅醲 河清

川平 潭深 潭清 淵深 塵清 塵深 沙平 沙明

湖清 湖澄 池深 池平 池清 池幽 池明 川明

對類卷二　八

源深 源清 源澄 流長 堤長 堤平 湖平 湖深

林深 林疎 林幽 林高 泉深 泉枯 泉清 泉甘

波輕 波明 江平 江長 江深 江澄 江清 江明

溪長 溪清 溪深 溪平 溪回 波平 波澄 波寒

山高 山遠 山長 山深 山幽 山尖 山低 山明

○山高水遠十（與天齊天高日遠[illegible]）

平灘 深井 荒井 春雨 深港 夷路 高古 方古

高灘 回波 清波 平波 新波 清瀨 橫瀾 高瀾

長坡 幽坡 幽激 深激 盤石 危石 奇石 洪波

芳園 繁園 名園 深巷 空巷 窮巷 幽巷 平坡

幽徑 香徑 芳苑 深苑 名苑 芳圃 荒圃 名圃

芳池 高嶺 峻嶺 危嶺 幽徑 荒徑 斜徑（池塘一徑斜）

路僻　路滑　峋遠　徑僻　徑曲

上平　山秀　山遠　山瞻　山峻　山峭　山瘦　山闊　山靜

山滑　林僻　林茂　林密　林靜　峯峭　峯峻　江闊

江淺　江靜　江曲　江遠　江迥　灘急　灘淺　波細

波靜　波渺　波定　溪小　溪曲　溪遠　溪淺　溪洄

川遠　沙軟　沙靜　潮急　畦潤　田拆　泥滑　泥濘

池滿　池小　池竭　泉竭　途遠　源遠　沙淺

○山迴水遠十一　上實　下虛　活

平　山迴（選山迴路轉）　山環　山橫　山遮　山藏　山圍　山堆

山排　山傾　山銜　溪迴　溪橫　溪環　溪分　溪流

川流　川回　波翻　波涵　波搖　波流　潮翻　潮傾

潮生　潮來　潮喧　泉鳴　泉飛　泉傾　泉流　江環

江涵（杜江涵秋影鴈初飛）　江橫　堤橫　波浮　濤翻　濤奔　林遮

峯攢　塵飛　塵埋　沙堆　灘鳴　峯迴　峯橫　河傾

河流　瀾翻　泉通　江流

上仄　水漂　水流　水朝　浪翻　浪奔　海涵　岸橫　岸頹

井分　路通　路橫　水分　水衝　水生　水涵　水搖

水行　岸分　浪搖　海吞　水環　水浮

仄　水遶　水抱　水拍　水滴　水合　水漲　水泛　水浸

水注　水擊　水到　水激　水溢　水落　水湧　水濺

浪捲　浪衮　浪拍　浪倒　浪起　浪擊　浪濺　浪湧

浪打　海納　海遶　路遶　徑遶　岫列　沼竭　石露

石出

上平　山繞　山聳　山對　山鎖　山擁　山拱　山抱　山列

【十五】山幾　山聳　山對　山鎖　山擁　山拱　山包　山列
石出
浪打　海幽　海遶　路遶　徑遶　岫列　路迴　石露
浪捲　浪滾　浪拍　浪迴　浪起　浪聳　浪激　浪濺
水注　水擊　水到　水激　水溢　水落　水遶　水激
【仄】水遠　水抱　水拍　水滴　水合　水漲　水放　水漫
水行　岸分　浪接　海吞　水環　水浮
汗分　路通　路橫　水分　水衝　水生　水迴　水擁
【十六】水漂　水流　水朝　浪翻　浪奔　海涵　岸橫　岸積
河流　瀾翻　泉通　江流
峯攢　塵飛　塵埋　沙堆　灘鳴　峯迴　峯攢　河傾
江涵（[illegible]）　江橫　堤橫　波浮　濤翻　濤奔　林遮

潮生　潮來　潮喧　泉鳴　泉飛　泉傾　泉流　江環
一川流　川回　波翻　波涵　波搖　波流　潮翻　潮傾
山排　山傾　山衝　溪迴　溪橫　溪環　溪分　溪流
【平】山迴（[illegible]）　山環　山積　山遮　山藏　山圍　山堆

○山迴水遠十一

池滿　池小　池竭　泉竭　途遠　源遠　沙淺
川遠　沙軟　沙靜　潮急　堙闊　田拆　泥滑　泥濘
波靜　波渺　波定　溪小　溪曲　溪遠　溪淺　溪涸
江淺　江靜　江曲　江遠　江迥　灘急　灘淺　波細
山滑　林僻　林茂　林密　林靜　峯峭　峯峻　江闊
【十五】山秀　山遠　山峭　山峻　山瘦　山險　山聳
路僻　路滑　岫遠　徑僻　徑曲

山揖 山立 山峙 江抱 江漲 江斂 江遠 江湧
江動杜江動月移石 潮上 潮退 潮湧 溪漲 溪泛 溪繞
泉湧 泉漱 泉噴 泉迸 泉滴 河潤 池涸 泉涸
泉溜 沙擁 川媚 峯立 峯列 巖聳 林瑣 波潤
波動 潮落 潮罷 波湧 波漲 沙漲

○層崖疊嶂十二 與高山遠水互用 上虛死 下實

平 層崖 層巒 層林 層岑 層波 層瀾 層堤 層岡
層城 層峯 重峯 孤峯 重岡 重林 重巒 孤山
孤村 孤林

上仄 疊山 幾山 數峯 衆流

仄 疊嶂 疊岫 疊嶺 疊石 疊浪 疊阜

上平 孤島 孤嶼謝孤嶼媚中川 孤嶺 重嶺 重岫 層浪 孤岫
孤岸 孤嶂杜孤嶂秦碑在

○飛泉溜石十三 與前類互用 上虛活 下實

平 飛泉 流泉 奔泉 奔濤 飛濤 驚濤坡詞驚濤拍岸 驚瀾
驚灘 驚湍 飛湍 飛沙 飛塵 堆沙 攢峯 奔流
回瀾 飛灘 懸河

上仄 激湍 擁沙 湧泉 湧流

仄 溜石 激浪 湧浪 駭浪

上平 流水 奔浪 驚浪 翻浪 飛浪 行潦 飛瀨 鳴瀨
飛瀑 飛溜

○穿沙觸石十四 與前類互用 上虛活 下實

平 穿沙水 淘沙浪 流泉石 飛泉岩 揚波 鳴溪 成淵 懷山
漫山 通池並水

漫山 通泛（水遊）

平 穿沙 滴（水）沙 漱流 泉（石）飛泉（岩）激波 鳴溪 攸涯 漱山

○穿沙滴石 十四 與前類互用 上虛 活 下實

飛瀑 飛溜

平 流水 齊波 驚濤 翻波 飛浪 竹湍 飛瀨 鳴瀨

仄 溜石 激浪 漂浪 激浪

上 激湍 擁沙 瀉泉 瀉流

回瀾 飛灘 激河

驚灘 驚湍 飛湍 飛沙 飛塵 推沙 攢峯 齊流

平 飛泉 流泉 奔泉 奔濤 飛濤 驚濤（柏波 竿詞 苔痕）驚瀾

○飛泉瀉石 十三 與前類互用 上虛 活 下實

孤岸 孤嶂（嶂柱 在孤嶂峯）

平 孤嶼 孤嶼（山中嶼 川中嶼 與嶼同）孤嶺 重嶺 重岫 層浪 孤岫

仄 疊嶂 疊岫 疊嶺 疊石 疊浪 疊阜

上 疊山 幾山 數峯 衆流

孤村 孤林

層城 層峯 重峯 孤峯 重岡 重林 重巒 孤山

平 層崖 層巒 層林 層岑 層波 層瀾 層堤 層岡

○層崖疊嶂 十三 與高山流水互用 上虛 活 下實

波動 潮落 潮湧 波湧 波滾 沙漲

泉溜 沙擁 川溜 峯立 峯列 巖聳 林積 波潤

泉湧 泉激 泉噴 泉注 泉滴 河潤 池涸 泉涸

江動（柱動 石動 月動）潮上 潮決 潮湧 溪漲 溪成 溪澆

山聳 山立 山峙 江抱 江漲 江漾 江遶 江湧

【上仄】起湍　湧泉（並石）挹泉（池）瀉湍　觸山　捲沙（並水）滌源（川）轉山

抱村　拍堤（並水）擁沙（溪）噴泉（石）噴巖（泉）遶村（水）

【仄】觸石（水）激水（石）界道（泉）吼地（水）拍岸（浪）噴瀑　噴壑　沃石（並水）

注海（江河）赴海（水）到海（川）激石（水）濺石（泉）

【上平】穿石　流澗　澆圃　摧岸　流壁　朝海　通海　侵岸

平路（並水）流石　鳴石（並泉）回路　連岫（並山）

○山前水上十五　與宮室門樓前閣上互用　【上實下虛】死

【平】山前　峯前　林前　巖前　村前　山邊　江邊　溪邊

池邊　湖邊　河邊　沙邊　堤邊　林邊　籬邊　巖邊

江邊　江中　山中　湖中　池中　波中　溪中　巖中

原中　園中　郊中　林中　溝中　河中　塵中　村中

塘中　林間　山間　波間　河間　池間　巖間　山巔

山阿（山之曲處日阿）山隈　山傍　山陰　山樊　江皋　溪濱

池濱　湖濱　河濱　江濱　林端　林梢　林阿　林陰

林隈　林皋　途間　途中　牆邊　巖隈　牆隈　牆中

牆陰　沙中

【上仄】海邊　塞邊　水邊　石邊　岸邊　沼邊　道邊　澗邊

徑邊　嶺邊　沼中　海中　澤中　野中　谷中　浪中

地中　圃中　苑中　洞中　路中　徑中　水中　井中

海濱　水濱　海隅　水傍　道傍　道間　岸傍　路傍

路邊　水涯　石間　澗濱

【仄】水上　地上　岸上　井上　隴上　嶺上　沼上　海上

石上　塞上　路上　道上　島上　陌上　嶺畔　海畔

隴畔　水畔　井畔　沼畔　澗畔　岸畔　路畔　嶺外

塞外 海外 嶼外 野外 巷外 島外 圃外 洞裏
澗裏 谷裏 水裏 沼内 圃内 澗内 巷内 澗底
谷底 井底 沼底 海底 水底 水際 岸際 岸側
澗側 嶺表 水表 海表 路側 徑側 水滸 道左
地下 海内
【上平】原上（原上花初發） 溪上 堤上 江上 湖上 池上 潭上
坡上 山上 沙上 川上 波上 汀上 河上 灘上
城上 峯上 巖上 牆上 磯上 籬下 牆下 林下
山下 巖下 灘下 牆畔 山畔 峯畔 巖畔 江畔
溪畔 堤畔 籬畔 池畔 湖畔 林畔 畦畔 磯畔
沙際 江畔 江滸 江表 江底 溪底 波底 巖際
林際 山際 籬外 園外 牆外 郊外 林外 湖外

峯外 江外 山外 池外 山末 村裏 山裏 林裏
池裏 波裏 牆裏 園裏 湖裏 溪裏 池内 湖内
園内 籬内 畦内 林内 林杪 林表 峯末 汀畔
牆内 江曲 溪曲
○中林上苑十六 【上虛】死【下實】
【平】中林 中都 中陵 中山 前山 前峯 前村 前溪
前林 中流
【上仄】上林 上流 上方 後村 後園
【仄】上苑 後苑 内苑 後圃
【上平】前嶂 前澗 中野
○連山徧野十七 （輿宫室門盈庭滿座互用） 【上虛】死【下實】
【平】連山 盈山 漫山 盈園 盈疇 盈池 連汀 盈汀

【平】連山　盜山　遍山　盜園　盜書　盜池　連汀　盜汀

○連山潮游十七（與前篇盜蕭瀛連用）【】見【】

【平】前嶂　前澗　中野　後園

【入】上苑　後苑　內苑

【去】上林　上流　上方　後村　後園

前林　中流

【平】中林　中籬　中陵　中山　前山　前峯　前村　前溪

○中林上苑十六【】見【】

牆內　江曲　溪曲

園內　籬內　畦內　林內　林外　林表　峯末　汀畔

池裏　波裏　牆裏　園裏　湖裏　溪裏　池內　湖內

峯外　江外　山外　池外　山末　村裏　山裏　林裏

林際　山際　籬外　園外　牆外　郊外　林外　湖外

汀際　江畔　江畔　江畔　江底　溪底　波底　籬際

溪畔　堤畔　籬畔　池畔　湖畔　林畔　畦畔　溪畔

山下　籬下　籬下　牆畔　山畔　峯畔　叢畔　江畔

峽上　峯上　巖上　牆上　磯上　籬下　牆下　林下

坡上　山上　沙上　川上　坡上　汀上　河上　籬上

【去】原上（疑上苑字誤）　溪上　堤上　江上　湖上　池上　潭上

地下　海內

澗側　嶺表　水表　嶂表　路側　徑側　水滸　道左

谷底　井底　沼底　海底　水底　水際　岸際　岸側

澗底　谷裏　水裏　沼內　園內　澗內　巷內　澗底

塞外　海外　嶼外　野外　林外　島外　園外　洞裏

盈城　連城　連堤　盈堤　連階　連溪　連村

【上仄】滿江　半江　半村　半田　半疇　半城　偏江　滿塘

滿村　滿池　半池杜霜倒半池蓮　滿山　半山　偏山　滿溪

滿堤　滿汀　滿園　滿林　滿田　滿疇　半溪　半園

半林　偏林　滿城　偏村　偏園　偏山　偏城

【仄】偏野　滿野　偏地　滿地　匝地　滿徑　滿路　匝岸

半嶺　偏嶺　滿路　滿陌　半野　半地　半巷　半路

偏處　偏路　匝徑　滿巷　滿砌

【上平】連野　盈野　盈岸　連岸　盈路　連沼　連地　連畝

盈地　盈砌　連砌

【天文】○雲山雪嶺十八　與宮室門風亭月榭互用【並實】

【平】雲山　雲村　雲溪　雲江　雲津　雲林　雲巖　雲濤

雲峯杜東岳雲峯起又夏雲多奇峯　雲崖　雲衢　雲泉　風林　風江

風濤　風波　天河　星河　星潭　霜林　霜溪　霜崖

霜巖　霜郊　煙崖　煙嵐　煙汀　煙江　煙村　煙山

煙堤　煙林　風潮

【上仄】雪山　雪村　雪巖　雪坡　月池　月潭　雪崖　雪峯

雪林　雪江　雪溪　露堤　月山　月溪　月坡　月波

月巖　月林　雨村　雨畦　雨溪　雨林

【仄】雪嶺　雪野　雪浪　雪嶂　雪谷　雪渚　雪澗　雪嶠

雪島　露井　雨砌　雪岸　雪徑　月地　月沼　月徑

月渚　月浦　月洞　月浪　雨徑　日塢　月砌

【上平】雲嶺　雲岫　雲谷　雲壑　雲徑　雲海　雲洞　煙嶂

煙浪　煙渚　煙徑　煙島　煙浦　煙壠　煙嶼　煙洞

煙浪 煙渚 煙徑 煙島 煙浦 煙靄 煙嶼 煙洞

〔仄〕雲瀆 雲岫 雲谷 雲谿 雲壑 雲海 雲洞 煙嶂

月渚 月浦 月洞 月浪 雨徑 日塢 月砌

雲島 露井 雨砌 雪岸 雪徑 月地 日沼 月徑

〔仄〕雪瀆 雪野 雪浪 雪嶂 雪谷 雪渚 雪澗 雪谿

月巖 月林 雨村 雨畦 雨溪 雨林

雲林 雪江 雪溪 露堤 月山 月溪 月波 月坡

〔平〕雲山 雲村 雪巖 雪坡 月池 月潭 雪崖 雪峯

煙堤 煙林 風湖

霜巖 霜郊 煙崖 煙嵐 煙汀 煙江 煙村 煙山

風濤 風波 天河 星河 星潭 霜林 霜溪 霜臺

雲峯（又夏雲多奇峯 杜東坡雲峯詩） 雲崖 雲衢 雲泉 風林 風江

〔平〕雲山 雲村 雲溪 雲江 雲津 雲林 雲叢 雲濤

〔天文〕。雲山雲嶺十八 與寒字門風亭月榭互用

盈地 盈砌 連砌

〔仄〕連野 盈野 盈岸 連岸 盈路 連路 連地 連畝

徧處 徧路 匝徑 滿巷 滿砌

半嶺 徧嶺 滿路 滿陌 半野 半地 半巷 半路

〔仄〕徧野 滿野 徧地 滿地 匝地 滿徑 滿路 匝岸

半林 徧林 滿城 徧村 徧園 徧山 徧城

滿堤 滿汀 滿園 滿林 滿田 滿疇 半溪 半園

滿村 滿池 半池（池杜蓮藕塘侗半） 滿山 半江 徧山 滿溪

〔平〕滿江 半江 半村 半田 半疇 半城 徧江 滿塘

盈城 連城 連堤 盈堤 連階 連溪 連村

霜沼 霜徑 風浪 星渚 星野 氷壂 雲嶠 【上虛 活 下實】

○連天漾月十九

【平】連天(水) 浮天(海) 粘天(浪) 滔天(水) 歸雲(山) 藏雲(洞) 侵雲(峰) 穿雲

穿天(並石) 奔雷(瀑) 喧雷(潮) 干雲(峰) 涵空 涵星(並水) 翻空 兼天

【上仄】拍天 接天(並水) 倚天 揷天(並峰) 倚空 倚雲 吐雲 徛雲

出雲(並山) 泛空(浪) 浴蟾(海) 漲天 蹴天(並水) 迸雲(岩)

【仄】漾月(水) 隱月 吐月 掛月 出日(並山) 浴日(川) 隱霧(山) 激電

吼地 擁雪(並濤) 捲雪(浪) 漾日(波)

【上平】含月 銜月 銜日(並山) 篩月(林) 翻雪(浪) 涵月(波)

【時令】

○春山曉岸二十 與天文門春天夏日互用 【並實】

【平】春山 春濤 春園 春巖 春原 春蹊 春潭 春波

春林 春郊 秋沙 春流 春江 春堤 春畦 春池

春洲 春湖 春泉 秋岑 秋汀 秋籬 冬泉 秋潭

秋波 秋峯 秋崖 秋巖 秋郊 秋山 秋林 秋江

晨村 晨林

【上仄】夏畦 夏池 夏泉 夏湖 夏峯 曉畦 曉園 曉林

曉峯 曉潮 曉堤 曉江 曉山 晚江 晚堤 晚峯

晚汀 晚洲 晚林 晚湖 晚山 暮江 暮堤 暮林

暮山 暮沙 暮潮 暮湖 早潮 夜潮 夜潭

【仄】曉岸 曉圃 曉澗 曉浦 曉岫 曉嶂 曉市 曉徑

晚岫 晚市 夜市 晚渡 晚巷 晚岸 晚嶂 晚徑

晚洞 夏沼 夏圃 夏苑 暮嶺 暮渚 臘水 暮野

【上平】春嶺 春渚 春畝 春墅 春岫 春陌 春岸 春徑

春谷 秋岸 春浪 春沼 春浦 春塢 春苑 春野

春谷 秋岸 春浪 春沼 春沼 春渚 春花

春嶺 春渚 春畝 春岫 春陌 春岸

晚洞 夏沼 夏園 夏苑 暮嶺 暮渚 晚水 暮路

晚岫 晚市 夜市 晚渡 晚行 晚岸 晚嶂 晚徑

曉岸 曉園 曉澗 曉浦 曉岫 曉嶂 曉市 曉徑

暮山 暮沙 暮湖 暮湖 早潮 夜潮 夜潭 暮林

晚汀 晚洲 晚林 晚湖 晚山 暮江 暮堤 晚峯

曉峯 曉湖 曉堤 曉江 曉山 晚江 晚堤 晚峯

夏畦 夏池 夏泉 夏湖 夏峯 曉畦 曉園 晚林

晨村 晨林

秋波 秋峯 秋崖 秋巖 秋郊 秋山 秋林 秋江

春洲 春湖 春泉 秋岑 秋汀 秋麓 冬泉 秋潭

春林 春郊 秋沙 春流 春江 春堤 春畦 春池

春山 春濤 春園 春巖 春原 春溪 春潭 春波

○春山曉岸二十 與天文門春天夏日互用

含月 銜月 銜日 隔月 翻雲 涵月

吮地 擁雲 擁雲 漾日

漾月 隱月 吐月 掛月 出日 浴日 隱霧 激雷

出雲 決空 浴雲 漲天 跳天 遶雲

柏天 接天 倚天 撐天 倚空 倚雲 吐雲 停雲

穿天 奔雷 宣雷 干雲 涵空 涵星 翻空 兼天

連天 浮天 接天 涵天 歸雲 藏雲 侵雲 穿雲

○連天漾月十九

藏沼 藏徑 風浪 星渚 星野 冰盤 雲濤

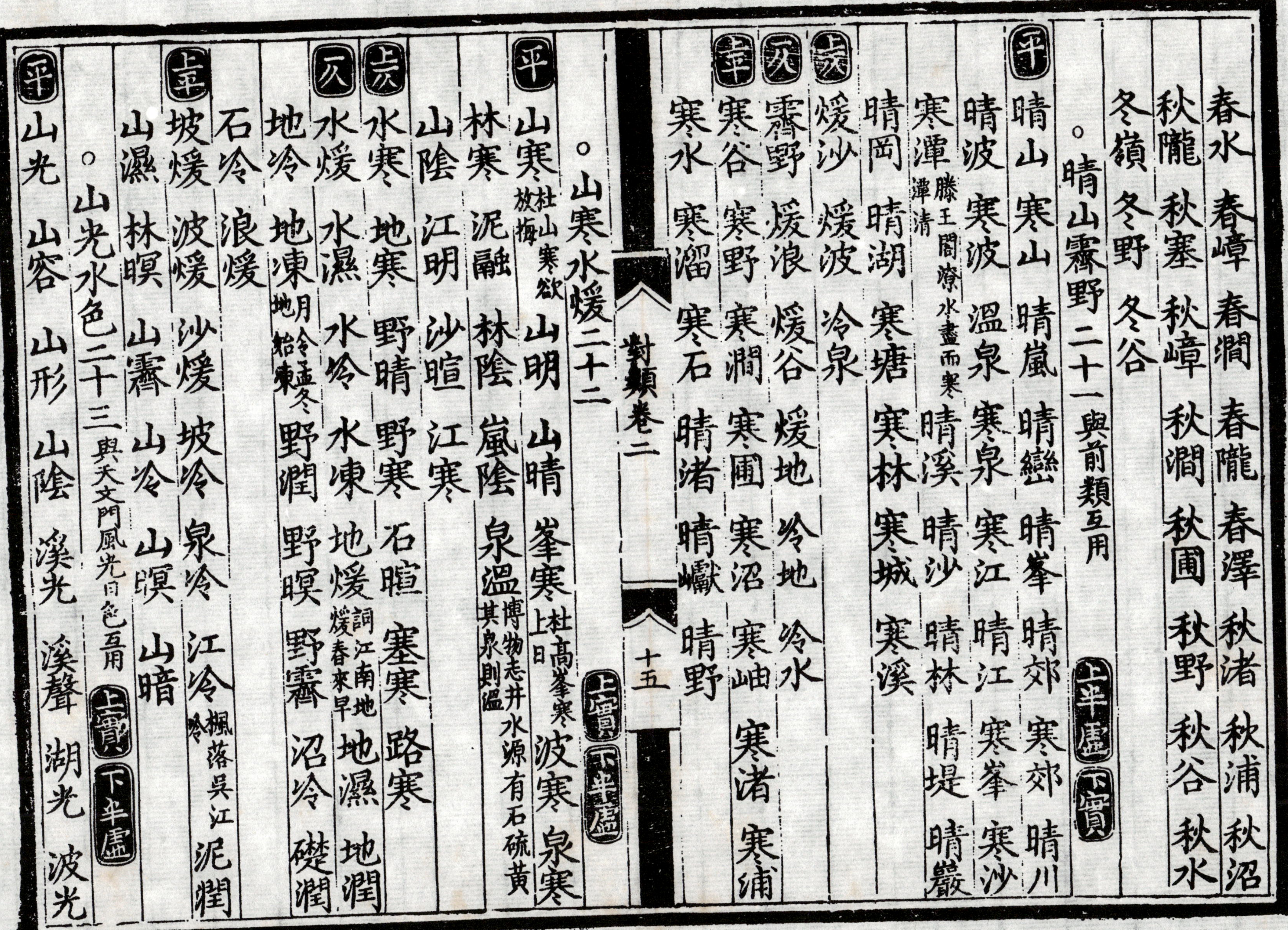

春水　春嶂　春澗　春隴　春澤　秋渚　秋浦　秋沼
秋隴　秋塞　秋嶂　秋澗　秋圃　秋野　秋谷　秋水
冬嶺　冬野　冬谷

○晴山霽野二十一　與前類互用　上半虛　下實

平
晴山　寒山　晴嵐　晴巒　晴峯　晴郊　寒郊　晴川
晴波　寒波　溫泉　寒泉　寒江　晴江　寒峯　寒沙
寒潭滕王閣潦水盡而寒潭清　晴溪　晴沙　晴林　晴堤　晴巖
晴岡　晴湖　寒塘　寒林　寒城　寒溪

去
煖沙　煖波　冷泉

入
霽野　煖浪　煖谷　煖地　冷地　冷水

平
寒谷　寒野　寒澗　寒圃　寒沼　寒岫　寒渚　寒浦
寒水　寒溜　寒石　晴渚　晴巘　晴野

○山寒水煖二十二　上實　下半虛

平
山寒杜山寒欲放梅　山明　山晴　峯寒杜高峯寒上日　波寒　泉寒
林寒　泥融　林陰　嵐陰　泉溫博物志井水源有石硫黃其泉則溫
山陰　江明　沙暄　江寒

去
水寒　地寒　野晴　野寒　石暄　塞寒　路寒

入
水煖　水濕　水冷　水凍　地煖詞江南地煖春來早　地濕　地潤
地冷　地凍月令孟冬地始凍　野潤　野暝　野霽　沼冷　礎潤
石冷　浪煖

上平
坡煖　波煖　沙煖　坡冷　泉冷　江冷楓落吳江冷　泥潤
山濕　林暝　山霽　山冷　山暝　山暗

○山光水色二十三　與天文門風光月色互用　上實　下半虛

平
山光　山容　山形　山陰　溪光　溪聲　湖光　波光

（平）山光 山杳 山形 山陰 溪光 溪聲 湖光 波光

○山光水色二十三 與天文門風光月色通用

（仄）山靄 林暝 山靄 山冷 山氣 山暗 江冷 谷濕溪暗吳江 江潤

坡淺 波淺 沙淺 坡冷 泉冷

石冷 波淺

地冷 地凍 灣月帶雪凍人 野凍 野寒 野靄 石冷 冰潤

（仄）木淺 水濕 水冷 水凍 地淺 地濕 城南春來甲地 地潤

（平）水寒 地寒 野晴 野寒 石暄 凍寒 霧寒

山陰 江明 沙暄 江寒 泉溫 泉明溫井 水源 古流 黃

林寒 泥融 林陰 嵐陰 泉溫

（平）山寒 故林寒山 山明 山晴 峯寒 山口 波寒 泉寒

○山寒水淺二十二

寒水 寒溜 寒石 晴渚 晴野 寒渚 寒浦

（平）寒谷 寒野 寒澗 寒圃 寒沼 寒岫 寒渚

（仄）寒靄 淺浪 淺谷 淺地 冷地 冷水

（平）淺沙 淺波 冷泉

晴岡 晴湖 寒灘 寒林 寒瀨 寒溪

寒暉 晴溪 晴沙 晴林 晴坡 晴巖

晴波 寒波 寒泉 寒江 晴江 寒峯 寒沙

（平）晴山 寒山 晴嵐 晴巒 晴峯 晴林 寒郊 晴川

○晴山寒野二十一 與前韻互用

冬嶺 冬野 冬谷

秋隴 秋塞 秋嶂 秋澗 秋圃 秋野 秋谷 秋水

春水 春嶂 春澗 春隴 春澤 秋苔 秋浦 秋沼

波聲 波紋 沙痕 波痕 潮聲 潮痕 潮音 灘聲
江聲 泉聲 林聲 林陰 嵐陰 嵐光
上仄 水光 水聲 水紋杜水紋浮撓簟 水痕 浪痕 澗聲 瀨聲
浪聲 浪紋 燒痕唐詩春日燒痕青 岸痕 岸容 土膏 野容
籟聲 地形
仄 水色 水勢 水影 水氣 野色 野景 野意 野趣
地氣 籟響 土脉 地勢 地脉 浪勢 浪影 岸影
海氣詞海氣夜漫漫 石溜石中泉溜也
上平 山影 潮影 山色 山勢 山意 山氣 山景 嵐影
嵐氣 江色 江影 溪色 溪影 波影 泉溜 潮勢
潮響 波色 峯影 泉響 泉韻 灘響 林影 林韻

花木 ○桃源柳岸二十四與宮室門萱堂柳院互用 並實

平 桃源 桃溪 桃林 桃蹊李廣傳桃李不言下自成蹊 梅林 梅堤
梅園 梅坡 梅村 梅溪 花蹊 花城 花林 花江
花街 花源 花衢 花溪 花堤 花村 楓江 楓林
桑林 楊堤 荷池 蓮池 萍池 蘋汀 蘋洲 莎汀
菱塘 蓮塘 蘭池 棃園 花園 瓜畦 松林 薔牆
蕪城 蘆灣 蘆洲 苔階 蔬畦 桑田 瓜田 瓜丘
上仄 柳堤 柳汀 柳溪 柳塘 藕塘 藥階 竹溪 竹林
杏園 杏林 杏壇 桂林 蓼汀 蓼洲 草汀 草塘
菊巖 菊潭 菊籬 菊園 菊坡 菊城 竹籬 李蹊
稻田 麥坡 麥岐 菜畦 芋區 稻畦
仄 柳岸 柳陌 柳徑 竹洞 草徑 草野 麥隴 麥壟
蓼岸 藥圃 杏圃 杏苑 杏塢 桂苑 竹徑 蘚徑

藥岸 藥園 杏圃 杏苑 杏塢 桂苑 竹徑 蘚徑

【入】柳岸 柳陌 柳徑 竹洞 草徑 草野 麥隴 麥壠

稻田 麥坡 麥岐 菜畦 芋區 稻畦

菊叢 菊潭 菊籬 菊園 菊坡 菊波 竹籬 李溪

杏園 杏林 杏壇 桂林 蓼汀 蓼洲 草汀 草塘

【上】柳堤 柳汀 柳溪 柳塘 藕塘 藥階 竹溪 竹林

蘚坡 蘆灣 蘆洲 苔階 蔬畦 桑田 瓜田 瓜丘

菱塘 蓮塘 蘭池 桑園 花園 瓜畦 松林 莓墻

桑林 楊堤 荷池 蓮池 萍池 蘋汀 蘋洲 萍汀

花街 花徑 花衢 花溪 花堤 花村 楓江 楓林

梅園 梅坡 梅村 梅溪 花溪 花墩 花林 花江

【平】桃源 桃溪 桃林 桃蹊（桃李不言下自成蹊） 梅林 梅堤

○桃源柳岸二十四（與宮室門宮室林院互用）

潮響 波色 峯影 泉響 泉韻 灘響 林影 林韻

嵐氣 江色 江影 溪色 溪影 波影 泉脈 湖勢

【平】山影 潮影 山色 山勢 山意 山氣 山景 嵐影

海氣（漫漫海氣夜東來） 石脈（石中泉脈）

地氣 籟響 土脈 地勢 地脈 浪勢 浪影 岸影

【入】水色 水勢 水影 水氣 野色 野景 野意 野趣

籟聲 地形

浪聲 浪紋 浪痕（[illegible]） 岸痕 岸容 土膏 野容

【上】水光 水聲 水紋（[illegible]） 水痕 泉痕 澗聲 灘聲

江聲 泉聲 林聲 林陰 嵐陰 嵐光

波聲 波紋 沙痕 波痕 湖聲 潮痕 湖音 灘聲

菊徑　菊圃　蕙畹　柳巷　梓里
【上平】花嶼　花市　花縣　花塢　花苑　花徑　花圃　花洞
花島　花巷　梅嶺　梅隴　桃洞　桃岸　桃浪　桃徑
松嶺　松徑　松壑　松澗　梅徑　梅塢　梅野　蘭畹
蘭徑　蘭渚　蘭砌　蘭畝　楓渚　楓岸　蓮沼　蓮渚
荷沼　萍沼　蘆渚　蘆岸　槐徑　苔徑　苔砌　桑陌
梧井　桐井　槐市　槐國　禾隴　禾畝　榆里　榆塞
瓜圃　芝嶺

○生萍熟麥二十五 與天文門溢花拂柳互用　【上虛】活　【下實】

【平】生萍沼　生蘋洲　生苔徑　生松石
【上仄】放梅杜山意衝寒欲放梅　減蒲　泛桃　泛蓮並水　漲桃
【仄】熟麥坡　出麥　迸筍地　出竹牆　出筍

【上平】舒柳杜岸容待臘將舒柳　堆葉徑　流葉杜御溝流紅葉　生草　生穀
宜麥隴　侵柳　含蘚　翻藥並階

【禽獸】○龍山鴈塞二十六 與宮室門龍樓鳳閣互用　【並實】

【平】龍山　龍池　龍淵　龍門　龍津　龍潭　魚池　魚梁
魚濠　魚磯　鯨波　鯤溟　鼇山　牛山　雞村　蚓泥
蛙池　蛙泥　麟郊　熊藩　烏林　螭坳　鵬程　龍沙
【上仄】鳳城　鳳池　鳳山　鴈山　鴈門　鴈沙　鷺汀　鷺洲
鷺沙　鷺灘　虎溪　豹關　燕泥　鷲峯　鶴山　羽林
【仄】鴈塞　鴈塔　鴈澤　蟻路　雉堞　虎穴　鳳穴　鳳沼
鳳藪　兔窟　兔穴　鷲嶺　鳥道　鸛垤　鶴隴　鼠穴
蟻垤　螘路
【上平】鶯谷　蛙井　蛙坎　蟾窟　蟾苑　雞塞　鵬海　鯨浪

鶯谷　蛙井　蛙坎　蜂窩　蜂[illegible]　蜂寨　鵬海　鯨波

蟻徑　蟻路

鳳穀　兔窟　兔穴　鸞渚　鳥道　鶴徑　鶴籠　鼠穴

（八）鳳棲　鳳路　鳳澤　蟻路　雉巢　虎穴　鳳穴　鳳沼

鷺沙　鷺灘　虎溪　狐關　燕泥　鶴峯　鶴山　羽林

（十六）鳳坡　鳳池　鳳山　雁山　雁門　雁汊　鷺汀　鷺洲

蛙池　蛙沉　蟻穴　雀藩　鳥林　鷓坳　鵬程　龍沙

魚濠　魚磯　魚紋　鯤溟　鷹山　羊山　雞村　虹泥

龍山　龍池　龍淵　龍門　龍津　龍潭　魚池　魚梁

（合璧）○龍山鳳寨二十六　與宮室門[illegible]通用

（十）宜交[illegible]　漫柳　合璧　番田[illegible]

舍柳[illegible]　岸[illegible]　莊洋[illegible]　流萍[illegible]　生草　生機

對類卷二　　十七

（八）鳧來[illegible]　出來　近海[illegible]　出行[illegible]　出猿

（十六）放梅[illegible]　放浦　放桃　放蓮[illegible]

（十）生萍[illegible]　生資[illegible]　生苔[illegible]　生松[illegible]

○生萍鳧來二十五　與天文門通用　（上平）（下平）

以圓　之蹟

梧井　桐井　槐市　槐國　木簡　木面　榆里　榆塞

竹沼　萍沼　蘆渚　蘆岸　槐徑　苔徑　苔砌　桑陌

蘭徑　蘭渚　蘭砌　蘭畝　楓渚　楓岸　蓮沼　蓮渚

松嶺　松徑　松壑　松澗　梅徑　梅塢　梅野　蘭畹

花墅　花巷　梅嶺　梅隴　桃洞　桃岸　桃浪　桃徑

（十）花塢　花市　花塢　花塢　花徑　花圃　花洞

菊徑　菊圃　萬畝　柳巷　梓里

龍浪　鯢浪　魚浪　魚浦　魚沼　鳧沼　鳧渚　鶩渚
麟藪　鴻渚　鴻澤　虹渚　鵬路　狐澤　鯨海
○羊腸燕尾二十七　【並實】
【平】羊腸路　蛾眉山　魚鱗水　鼇頭山　龜茲國　羊眠　牛眠並地
【上仄】鴉頭水
【仄】燕尾溪　鴈蕩山名
【上平】鼇背山　蝸殼
【器用】○山屏水練二十八　與天文門星珠月璧互用　【並實】
【平】山屏　山簪　山巾　泉琴泉聲帶手琴　林帷　泉紳　江羅
泉珠詞玉人纖手掬清泉泉珠碎又圓　潮雷
【上仄】水簾　水珠　溜紳　石屏　浪毬　浪花
【仄】水練　水鑑　水鏡　水縠　浪縠　浪綉　浪雪　石壁

石笋　石磬　水幙　石笏李詩石笏攢高青　沼鏡　瀑布飛泉
【上平】江帶紅作青羅帶　江練　波縠　泉玉　河帶　湖鏡　林幄
沙篆　波錦　山髻　山黛
○挼藍漱玉二十九　【上虛】活【下實】
【平】挼藍水　堆藍山　堆瓊石　連屏　舒屏　橫簪並山　飛花浪　跳珠
圍屏山　拖藍水
【上仄】噴珠　濺珠並水　擁屏山
【仄】漱玉泉　削玉　潑黛　擁髻　卓筆　列戟並山　繞帶水
【上平】拖練水　森玉　排戟並山
【宮室】○江城水國三十　與宮室門江樓水閣互用　【並實】
【平】江城　山城　邊城　都城　江村　山村　江鄉　江濤
江津　江天　潮天　山蹊　山家　山巖　山溪　山泉

山田　山園　山梁　沙洲　沙汀　沙堤　池波　湖堤
湖波　溪流　溪津　溪沙　汀沙　巖泉　沙溪　溪莊
村莊　村墟　關山　湖山　家山　家鄉　溪堤　溪園
園籬　園牆　邊塵　鄉關　河洲
【上仄】水村　水鄉　水波　水田　野田　海潮　石泉　石磯
石崖　石巖　石堤　石城　野塘　野池　野畦　野溪
野橋　海山　海鄉　塞塵　圃畦　野園
【仄】水國　水路　水驛　水浪　水渚　水巷　澤國　海岸
海島　海嶠　野徑　野圃　野沼　野渡　野墅　野市
野路　野岸　石洞　石壁　石磴　石岸　石瀨　石澗
澗水
【上平】江岸　江渚　江浦　江路　溪岸　沙渚　沙磧　沙岸

沙嶼　沙島　村徑　村落　村路　村塢　山路　山徑
山澗　山館　山驛　山市　村市　巖穴　巖洞　泉水
村墅　溪路　山縣　山磴　村巷　沙路　沙徑　山谷
山洞

○皇州帝里三十一 與宮室門皇家帝闕互用 【並實】

【平】皇州　神州　神京　皇都　京都　王畿　王途　仙巖
仙鄉　農郊　農田　漁村　漁磯
【上仄】帝都　帝城　禁城　帝京　帝畿　帝居　御溝　御街
御園　御城　相隄　將壇　翰林　旅途　仕途　客鄉
釣磯　相鄉
【仄】帝里　戚里　帝苑　御苑　虜塞　仕路　客路　牧野
相里　旅邸

相里 林麓
帝里 故里 帝苑 御苑 虞選 仕路 客路 故野
釣磯 梓鄉
御園 御城 柏陛 詩壇 翰林 故逵 仕途 客鄉
帝都 帝城 禁城 帝京 帝畿 帝居 御輦 御街
仙鄉 農郊 農田 漁村 漁磯
皇州 神州 神京 皇都 京師 王畿 王途 仙嶽
○皇州帝里三十（一與音王門皇家帝闕五百）
山洞
村墅 溪路 山縣 山嶺 村巷 沙路 沙徑 山谷
山澗 山巔 山驛 山市 村市 沙嶽 洞巖 泉水
沙嶼 沙磧 村徑 村落 村路 村橋 山路 山徑

江岸 江渚 江浦 江路 溪岸 沙渚 沙磧 沙岸
水澗
野路 野岸 石洞 石壁 石磴 石岸 石瀨 石澗
海島 海嶠 野徑 野圃 野沼 野濱 野墅 野市
水國 水路 水驛 水泉 水渚 水濱 澤國 海岸
野橋 海山 海鄉 塞塵 圃畦 野園
石崖 石巖 石堤 石城 野塘 野池 野畦 野溪
水村 水鄉 水波 水田 野田 海潮 石泉 石磯
園籬 園牆 邊塵 關山 河洲
村莊 村堤 關山 湖山 溪山 溪鄉 溪畔 溪園
湖波 溪流 溪津 溪沙 汀沙 巖泉 沙溪 溪莊
山田 山園 山茶 沙洲 沙汀 沙堤 池波 湖堤

【上平】王國 王沼 王野 王土 軍壘 戎塞 仙洞
仙島 仙國 仙境 仙苑 農畝 農郊 樵徑 漁浦

。郊關井里三十二 【並實】

【平】郊關 郊圻 城闉 州閭 鄉閭 鄉關 鄉邦 邊疆
邊陲 邊庭

【上仄】市朝 市廛 里廛 里閭

【仄】井里 井邑 郡邑 邑里 宅里 族里 里巷 市井

【上平】城市 華夏 關市 朝市 田里 鄉里 鄰里 鄉黨
鄉井 邊塞 疆境 城郭 州郡

【聲色】。青山綠水三十三 與天文門青天白日互用 【上半虛】【下實】

【平】青山 蒼山 丹山 蒼峯 青峯 青巒 青岑 青嵐
青林 青郊 青河 青巖 青崖 青堤 清江 清潭

清池 清溪 清波 清泉 清湖 清源 黃流 清流
洪流大水 蒼波 滄江 丹崖 蒼崖 清淮 清溝 清灘
洪波 洪濤 烏江 黃河水濁而黃拾遺記黃河千年一清 紅塵 黃埃
汙渠 黃沙 黃塵 蒼巖 滄浪

【上仄】翠巖 翠屏 翠岑 翠濤 翠微杜牧詩與客携壺上翠微未及山頂處也
翠峯 碧峯 碧山 碧崖 碧林 碧巖 碧岑 碧江
碧波 碧流 碧潭 碧池 碧灣 碧塘 碧溪 碧泉
綠塘 綠堤 綠池 綠溝 綠林 綠波 素波 白沙
紫泥 紫淵 綠塵 翠池

【仄】綠水 綠沼 綠野謝靈運詩春晚綠野秀 綠岸 綠岫 綠徑
綠嶂 綠嶼 黑水 碧水 碧沼 碧嶂 碧澗 碧浪
白浪 白水 白石 翠嶂 翠岫 翠島 翠壁 翠浪

白浪　白水　白石　翠嶂　翠岫　翠嶼　翠壁　翠复

綠嶂　綠嶼　黑水　碧水　碧沼　碧嶂　碧澗　碧澓

仄　綠水　綠沼　綠野（野靡[illegible]春[illegible]青春蕪綠）　綠芳　綠岫　綠徑

紫泥　紫淵　綠塵　翠池

綠塘　綠堤　綠池　綠蘋　綠林　綠波　素波　白浮

碧波　碧流　碧潭　碧池　碧灣　碧海　碧溪　碧濠

翠峯　碧峯　碧山　碧崖　碧林　碧巖　碧岑　碧圻

去　翠巖　翠屏　翠岑　翠濤　翠微（[illegible]也 又杜牧詩與今[illegible]車上翠微本）

汀渠　黃沙　黃塵　蒼巖　滄浪　紅塵　黃埃

洪波　洪濤　高江　黃河（河水千年一清黃河遺記）

洪流（水名）　蒼波　滄江　丹崖　蒼崖　清淮　清灘　清瀨

清池　清溪　清波　清泉　清湖　清源　黃流　清流

平　青林　青波　青河　青巖　青崖　青堤　清江　清潭

青山　蒼山　丹山　蒼峯　青峯　青巒　青岑　青嵐

○青山綠水三十三（與天文門青天白日互用）　上平　下實

鄉井　邊塞　疆境　城郭　州郡

城市　準真　關市　朝市　田里　鄉里　[illegible]里　鄉黨

仄　井里　井邑　都邑　邑里　宅里　族里　里巷　市井

市朝　市廛　里廛　里閭

邊陲　邊庭

平　鄉關　鄉坊　城隍　州閭　鄉閭　鄉關　鄉邦　邊疆

○鄉關井里三十二　上實

仙島　仙園　仙境　仙苑　農畝　農郊　樵徑　漁浦

王國　王闈　王路　王野　王土　軍壘　戎塞　仙洞

翠嶺 翠陌 紫陌（杜 塵埃紫陌春） 紫嶂 碧瀨 綠巘 綠澗

紫塞

（上平）清沼 清水 丹嶂 青嶂 青野 青坂 青壠 青壁

清海 滄海 清瀨 清澗 青嶺 青石 丹塞 紅浪

青浪 青岫 青渭

○山青水綠三十四（與天文門天青月白互用）（上實）（下半虛）

（平）山青 山蒼 山丹 峯青（詩 江上數峯青） 林清 波清 溪青

溪清 江清 泉清 湖清 潭清（滕王閣序 潦水盡而寒潭清）

河清 池清 嵐青 巖蒼 林紅 林丹 塵紅 流清

岑青

（上仄）岸青 嶂青 岫青 水清 沼清 澗清 野青 水青

隴青

（仄）水綠 水白 水碧 海碧 野綠 岸綠 嶺翠 島翠

浪白 浪碧 澗碧 石白

（上平）山碧 山紫（滕王閣序 烟光凝而暮山紫） 峯碧 峯翠 江碧 江綠

江白（杜 江白草纖纖） 湖碧 潭碧 池碧 溪紫 波紫

山翠 嵐翠 沙白（遠岸秋沙白） 波綠 山綠 池綠

（珍寶）○金城玉壘三十五（與宮室門金門玉殿互用）（並實）

（平）金城 金堤 金波 金林 金河 金塘 銀塘 銀山

金山 金潭 金沙 金泉 金淵 銀濤 銀河 璇源

璇淵 銅川 銅山 銅池 瑶田 瑶池 瑶溪 瑶林

瑶墀 瓊林 瓊山 瓊田 珠泉 珠淵 珠川 氷山

錢塘 珠崖 珠山 珠湖

（上仄）玉京 玉山 玉川 玉波 玉泉 玉峯 玉關 玉池

〔仄〕玉京 玉山 玉川 玉波 玉泉 玉峯 玉關 玉池
錢塘 珠蓮 珠山 珠湖
瑤潭 瓊林 瓊山 瓊田 珠泉 珠淵 珠川 冰山
璇淵 銅川 銅山 銅池 瑤田 瑤池 瑤溪 瑤林
金山 金潭 金沙 金泉 金淵 銀濤 銀河 璇源
〔平〕金波 金堤 金波 金林 金河 金塘 銀塘 銀山
〔叶韻〕○金城玉壘三十五 吳融南金城玉壘詩
山翠 嵐翠 沙白 白鷺 波綠 山綠 苔綠
江白 杜甫白沙翠竹 湖碧 潭碧 池碧 溪綠 波綠
〔平〕山碧 山綠 而暮山紫王勃序 峯碧 峯翠 江碧 江綠
波白 波碧 澗碧 石白
〔仄〕水綠 水白 水碧 海碧 野綠 岸綠 嶺翠 嶂翠

巖青
〔仄〕岸青 嶂青 山由青 水青 沼青 澗青 野青 水青
岑青
河清 池清 嵐青 巖蒼 林江 林丹 楓江 渚清
溪清 江清 泉清 湖清 潭清 滕王閣序潦水盡而寒潭清
〔平〕山青 山蒼 山丹 峯青 詩江上數峯青 林青 波清 溪青
○山青水綠三十四 與天台 〔叶韻〕
青波 青山由 青靄
清海 滄海 清瀨 清淵 青嶺 青石 丹崖 丹波
〔平〕清溪 清沼 清水 丹嶂 青嶂 青野 青波 青靄
深塞
翠嶺 翠屏 翠漪 翠嶂 翠巘 翠靄

玉田 錦江 錦川 錦城 錦峯 寶峯 寶山 寶溪

鐵山 鐵池 翠池 翠峯 翠屏 玉淵 劒津 玉林

帶湖

仄 玉壘 玉海 玉井 玉水 玉浪 玉澗 玉界 錦里

綉陌 綉嶺 綉谷 綺陌 鐵壁 鐵甕 壁水帝學名

上平 金井 金谷 瑶井 銀井 銀海 銀浪 珠海 盤谷

盤水 銅井

人事 。登山涉水三十六 上虚 活 下實

平 登山孔子登東山 觀山 看山 遊山 開山 尋山 歸山

爲山 居山 封山 鋤山 懷山 焚山 遊江 穿江

遊湖 臨淵 觀瀾 觀濤 觀泉 開池 疏池 觀池

耕田 營田 犁田 耘田 求田 窺園董仲舒三年不窺園

遊園 登程 登途 迷途 征途 開巖 防川 開津

開源 登瀛 浮流 臨泉 開林 栖巖 開渠 開溝

升巖 談河 憑河 量沙 囊沙 披沙 淘沙 回瀾

揚波 爲堤 分溝 浮江 通渠 焚林 循牆 隨波

上仄 愛山 望山 入山 樂山 畫山 住山 對山 見山

看山 出山 上山 下山 拔山 挾山 蓋山 採山

卧山 問津 渡江 過江 涉江 泛江 泛湖 下湖

渡溪 渡河 濟河 濟川 涉川 問程 望潮 弄潮

看潮 枕流 漱流 出郊 灌畦 灌園杜連筒灌小園

酌泉 掬泉 煮泉 引泉 汲泉 入林 出林 築堤

築城 築場 築牆 倚牆 鑿池 飲泉 入園

仄 涉水 渡水 掬水古詩掬水月在手 汲水 飲水 酌水 泛水

〔入〕汲水　挹水　蓄水（見古詩杜詩）汲水　飲水　臨水　決水
築坂　築場　築牆　捍牆　鑿池　飲泉　入園　築堤
酌泉　掬泉　賁泉　引泉　汲泉　入林　出林
看湖　枕流　漱流　出郊　灌畦　灌園（杜甫陳亭）灌下圃
沒溪　渡河　濟河　濟川　涉川　問程　望湖　尋湖
臥山　問津　渡江　過江　涉江　泛江　泛湖　下湖
看山　出山　上山　下山　拔山　挾山　蓋山　採山
〔下入〕愛山　望山　入山　樂山　畫山　住山　對山　見山
揚波　為堤　分渠　浮江　通渠　樊林　循瀨　隨波
涉灘　誇河　漲河　量沙　囊沙　披沙　淘沙　回瀾
開源　貪灘　淨流　歸泉　闢林　洒叢　開渠　開溝
遊圍　登陸　登途　遵途　征途　開叢　防川　開津

耕田　營田　買田　耘田　求田　窺園（董仲舒三年不窺園）
遊湖　臨淵　觀瀾　觀濤　觀泉　開池　流池　鑿池
為山　居山　封山　鋤山　懷山　焚山　游江　渡江
〔平〕登山（山亭千疊東）觀山　看山　遊山　開山　尋山　歸山
〔入金〕◦登山涉水三十六　〔上馬〕沽〔下賈〕
盤水　銅井
〔十〕金井　金谷　瑤井　鑿井　銀海　銀波　珠海　盤谷
繡陌　繡嶺　繡谷　繡陌　鐵壁　鐵壘　鐵水（古東坡詩）繡里
〔入〕玉壘　玉海　玉井　玉水　玉波　玉洞　玉界　玉里
帶湖
鐵山　鐵池　翠池　翠峯　翠屏　玉淵　銀津　玉林
玉田　錦江　錦川　錦城　錦峯　寶峯　寶山　寶塔

樂水　治水　止水　決水　避水　鑿井　掘井　坐井
入井　汲井　鑿沼　漱石孫楚枕流漱石　鑿石　拂石　枕石
掃石　坐石　拂地　席地　闢地　掃地　俯地　察地
相地　枕地　入地　履地　出谷　築圃　學圃　擊壤
問路　假道　問道　載路　塞路　守塞　保塞　失道
上平　尋水　觀水　疏沼　爲沼　開沼　登嶺　開徑　耕隴
耕野伊尹耕于有莘之野　耕畝　遊野　遊陌　居巷　浮海
觀海　爲圃　行路　尋路　開徑　登壠　開畝　開路
穿井　登岸　由徑

○臨池夾岸三十七與花木門沿堤貼水互用　虛　活　下實

平　臨池　臨流　臨江　臨津　臨溪　臨山　沿溪　沿堦
沿崖　侵堦　當堦　翻堦　依山　依林　穿林　穿牆

連溪　瀕江　沿江　沿流　隨流　從流　乘流　登場
上仄　傍溪　夾溪　倚溪　隔溪　瞰溪　對溪　近溪　傍江
隔江　瞰江　近江　濟江　倚江　遶林　傍林　瞰山
隔林　傍山　倚山　隔山　映山杜花發映山紅　對山　近山
面山　瞰池　拂池　傍池　倚巖　近郊　倚堤　遶堤
映波　映堦　出波　蔭溝　遶城　傍城　倚牆　出牆
拂牆　隔牆　度牆　過牆　枕流　面湖
仄　夾岸　掠岸　倚岸　拍岸　隔岸　遶岸　對岸　近岸
遶徑　夾徑　夾路　落水　隔水　拂水　近水　遶澗
向野　對野　聳壑　拂沼　隔沼　瞰沼　倚嶂　倚石
夾水　夾道　傍野　遶砌　出岫　縱壑
上平　臨沼　臨徑　因地　依嶂　臨野　遮道　瀕水　瀕海

（十七）臨沼 臨逕 因池 依嶂 臨野 遶道 瀕水 瀕海
夾水 夾道 傍野 遶砌 出岫 縱壑
向野 對野 聳壑 拂沼 隔沼 瞰沼 倚嶂 倚石
遶逕 夾逕 夾路 落水 隔水 拂水 近水 遶澗
（十八）夾岸 拂岸 倚岸 拍岸 隔岸 遶岸 對岸 近岸
拂檣 隔檣 度檣 過檣 拂流 面湖
映坡 映渚 出坡 蘸塘 遶城 傍城 倚檣 出檣
面山 瞰池 拂池 傍池 倚巖 近郊 倚堤 遶堤
隔林 傍山 倚山 隔山 映山山杜紅蕊發映 對山 近山
隔江 瞰江 近江 濟江 倚江 遶林 傍林 瞰山
傍溪 夾溪 倚溪 隔溪 瞰溪 對溪 近溪 倚江
（十九）連溪 瀕江 沿江 沿流 隨流 從流 乘流 差舟

沿崖 傍砦 當砦 鬬砦 依山 依林 穿林 穿牆
（二十）臨池 臨流 臨江 臨津 臨溪 隔山 沿溪 沿牆
○臨池夾岸三十七 [illegible]
穿井 築岸 由逕
觀海 爲圃 行路 尋路 開逕 登壟 開畝 開海
耕野躬耕于有莘之野 耕畝 遶野 遶陌 居林 臨海
（二十一）尋水 觀水 流沼 遶沼 開沼 登嶺 開徑 耕隴
問路 假道 問道 歎路 塞路 守塞 保塞 失道
相地 抗地 入地 覆地 出谷 築圃 學圃 築壤
掃石 坐石 拂地 席地 闢地 掃地 俯地 築地
入井 汲井 鑿沼 漱石枕石漱流 鑿石 拂石 枕石
樂水 沿水 止水 汲水 濟水 鑿井 臨井 坐井

依水 依岸 依砌 沿砌 臨水 穿壁杜舍下笋穿壁

沿岸 臨渚

○耕莘釣渭三十八 上虛 下實

平 耕莘伊尹耕于有莘之野 登嵩 行嵩 居邠太王 居鄒孟子

上仄 隱商 隱芒 釣磻

仄 釣渭 入蜀 相魯 卜洛 仕魯孔子 蹈海仲連

上平 投汨 懷灞 過沛 耕歷舜

身體 ○山頭水面三十九與宮室門樓頭屋角互用 並實

平 山頭 山腰 山鬢 山眉 峯頭 江頭 林頭 津頭

村頭 原頭 堤頭 城頭 沙頭 灘頭 巖頭 籬頭

溪頭 牆頭 田頭 潮頭 湖頭 峯腰 溪心 波心

潭心 湖心 池心 江心 牆腰 溪毛左澗溪沼沚之毛

田毛 山顛

上仄 隴頭 嶺頭 渡頭 路頭 陌頭 岸頭 海頭 井頭

浪頭 沼心 水心 浪心 海心 嶺腰 岸唇 地毛

沼毛 澗毛 土膏 地皮 石拳

仄 水面 嶺面 沼面 海面 海眼 海角 海口 水口

渡口 谷口 路口 洞口 巷口 隴首 地脈 土脈

岸觜 岸尾 渚尾 浦尾 水背 水尾 海尾 石眼

石骨博物志地以石爲骨 石髮 地力 水性 土性 澤腹

嶺背 嶺首 地角 石角

上平 江口 溪口 池口 池面 江面 波面 湖面 泉脈

山脈 山脊 山背 山脚 籬脚 山骨 山髮 山鬐

山尾 山頂 峯頂 山腹 牆角 籬角 沙尾 山尾

山尾 山頂 峯頂 山腹 墻角 灘面 沙尾 山尾
山脉 山脊 山背 山脚 灘脚 山脊 山鬢 山嘴
江口 溪口 池口 池面 江面 汶面 湖面 泉脉
（平）嶺背 嶺首 池角 石角
石骨（骨硬物去聲泥沃石為）石髮 池方 水陸 土陸 潭腹
岸背 岸尾 涯尾 浦尾 水首 水尾 海尾 石眼
渡口 谷口 沕口 洞口 林口 隴首 地脉 土脉
（入）水面 嶺面 溜面 海面 海眼 海角 海口 水口
沼毛 澗毛 土膏 地皮 石峯
浪頭 溜心 水心 浪心 海心 灘腹 岸底 池毛
（去）隴頭 嶺頭 渡頭 路頭 陌頭 岸頭 海頭 井頭
田毛 山顛

潭心 湖心 池心 江心 墻腰 溪毛（毛去聲溪沼之毛）
溪頭 墻頭 田頭 湖頭 湖頭 峯腰 溪心 波心
村頭 原頭 堤頭 城頭 沙頭 灘頭 巖頭 津頭
（平）山頭 山腰 山鬢 山眉 峯頭 江頭 林頭 津頭
（韻）○山頭水面三十九（與杏平頭横腰尾角面同）（韻）
（去）投泊 懷灘 過沛 耕屬（耕屬行）
（入）約渭 人罵 相賣 十洛 仕濱（仕濱）淫酒（連竹）
（去）隱商 隱言 給播
（平）耕幸（行于耕于有幸之）蓬萬 行萬 居永 居鄒（居鄒遊子）
○耕幸約渭三十八（平）（去）
沿岸 臨渚
依水 依岸 依 依 沿 沿 臨 水 宰壁（宰壁 合下 方韻）

山足 溪面 溪尾 溪足 洲尾 城角 源尾 泉眼
沙觜 山觜

【方隅】。東郊北岸四十 【上半虛 下實】

【平】東郊 東湖 東山 東巖 東林 東阡 東臯 東籬
東津 東溟（海也） 東江 東園 東溪 東岡 東鄰 東陵
東流 東池 西溟 西江 西河 西溪 西池 西山
西郊 西園 西林 西陵 西巖 西岑 西疇（田也） 西坡
西湖 西池 西鄰 西塘 南溪 東方 南方 南郊
南山 南園 南岡 南鄰 南牆 南坡 南塘 南巖
前溪 前山 前峯 前村 中洲 中流 中林

【上仄】北山（詩北山有萊） 北溟 北鄰 北園 北方 北溪 北巖
北郊 北林 上林 後園 上園 北岡

【仄】北岸 北海 北苑 北岳 北野 北塞 北郭 北地
北壠 北陸 北嶺 北澗 上苑 內苑 後苑 後圃

【上平】南國 南海 南岳 南澗 南岸 南浦 南苑 南陌
南郭 南陸 東岸 東海 東岳 東渚 東野 東谷
東郭 東土 東陌 西野 西澗 西嶺 西苑 西崦
西土 西陸 西沼 西塞 西海 西岸 東岸 東陸
東澗 南畝 前澗 前嶂 中土 中谷

。溪南岸北四十一 【上實 下半虛】

【平】溪南 山南 村南 城南 城東 牆東 籬東 園東
城西 牆西 園西

【上仄】澗西 水西 水東 水南 海南 海東 井東

【仄】岸北 海北 道左

〔入〕岸北　海北　道圻

〔上入〕潤西　水西　木東　火南　海南　海東　井東

墩西　潘西　園西

〔平〕溪南　山南　村南　墩南　墩東　潘東　鐘東　園東

〔上貫〕〔下平去〕

○溪南岸北四十一

東潤　南畝　前潤　前漳　中土　中谷

西土　西陸　西滘　西塞　西海　西岸　東岸　東陸

東鄰　東土　東陌　西野　西潤　西嶺　西坑　西埼

南郭　南陸　東岸　東海　東坵　東浩　東野　東谷

〔上平〕南圍　南海　南坵　南潤　南岸　南浦　南坑　南陌

北灘　北陸　北嶺　北潤　上坑　內坑　後坑　後圍

〔入〕北岸　北海　北坑　北坵　北野　北塞　北郭　北地

北郊　北林　上林　後園　上園　北岡

〔上入〕北山（蔡北山有）　北溪　北蕉　北園　北方　北溪　北巖

前溪　前山　前峰　前村　中洲　中流　中林

南山　南園　南岡　南蕉　南潘　南坡　南塘　南巖

西湖　西池　西鄰　西塘　南溪　東方　南方　南郊

西郊　西園　西林　西陵　西巖　西岑　西疇　西坡

東流　東池　西溪　西江　西河　西溪　西池　西山

東津　東溪　東江　東園　東溪　東岡　東鄰　東陵

〔平〕東郊　東湖　東山　東巖　東林　東阡　東皋　東籬

〔上平去〕〔下貫〕

〔去聲〕○東郊北岸四十

沙浦　山浦

山尾　溪面　溪尾　溪尾　三尾　坡角　源尾　泉頭

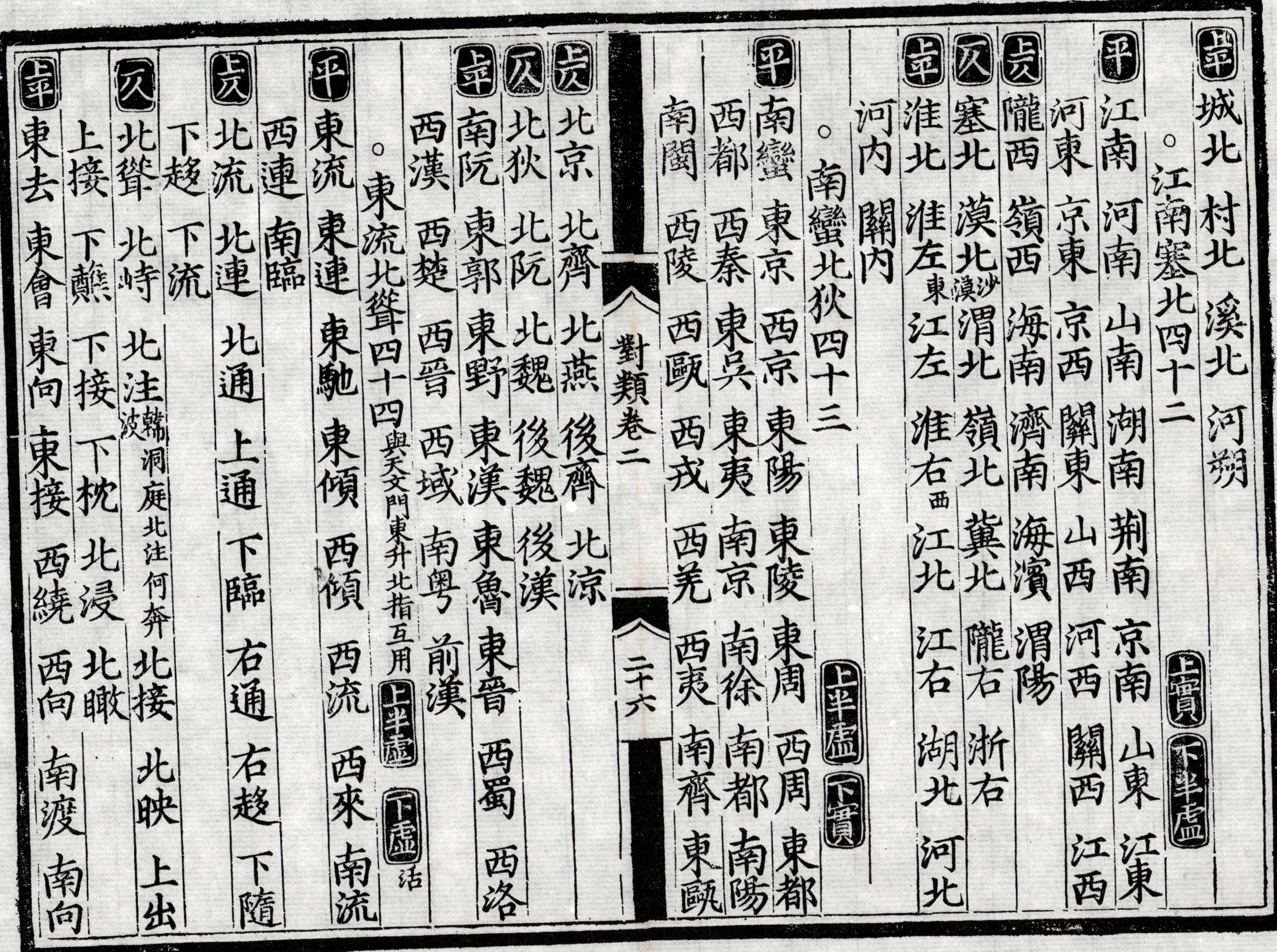
上平 城北 村北 溪北 河朔
○江南塞北四十二
平 江南 河南 山南 湖南 荊南 京南 山東 江東 上實 下半虛
河東 京東 京西 關東 山西 河西 關西 江西
上仄 隴西 嶺西 海南 濟南 海濱 渭陽
仄 塞北 漠北沙漠 渭北 嶺北 冀北 隴右 浙右
上平 淮北 淮左東 江左 淮右西 江北 江右 湖北 河北
河內 關內
○南蠻北狄四十三
平 南蠻 東京 西京 東陽 東陵 東周 西周 東都 上半虛 下實
西都 西秦 東吳 東夷 南京 南徐 南都 南陽
南閩 西陵 西甌 西戎 西羌 西夷 南齊 東甌

上仄 北京 北齊 北燕 後齊 北涼
仄 北狄 北阮 北魏 後魏 後漢
上平 南阮 東郭 東野 東漢 東魯 東晉 西蜀 西洛
西漢 西楚 西晉 西域 南粵 前漢
○東流北聳四十四與天文門東升北指互用 上半虛 下虛活
平 東流 東連 東馳 東傾 西傾 西流 西來 南流
西連 南臨
上仄 北流 北連 北通 上通 下臨 右通 右趨 下隨
下趨 下流
仄 北聳 北峙 北注韓洞庭北注何奔波 北接 北映 上出
上接 下醮 下接 下枕 北浸 北瞰
上平 東去 東會 東向 東接 西繞 西向 南渡 南向

【平】東去 東會 東向 東接 西漢 西向 南渡 南向
上接 下瀆 下接 下抗 北浸 北瞰
【仄】北發 北汴 北注（汶瀦洞庭 北注河奔） 北接 北映 上注
下趁 下流
【仄】北流 北運 北通 上通 下臨 右通 右趁 下隨
西運 南臨
【平】東流 東運 東匯 東潰 西潰 西流 西來 南流

○東流北發四十四（與美文門東外北指互用）【上平】【下仄】

西漢 西楚 西晉 西域 南粵 前漢
【平】南阮 東郭 東粵 東漢 東魯 東晉 西蜀 西洛
【仄】北狄 北阮 北魏 後魏 後漢
【仄】北京 北齊 北燕 後齊 北涼

南閩 西陝 西甌 西戎 西羌 西夷 南齊 東甌
西蜀 西秦 東吳 東晉 南京 南徐 南郡 南粵
【平】南蠻 東京 西京 東陽 東陵 東周 西周 東都

○南蠻北狄四十三 【上平】【下仄】

河內 關內
【平】淮北 淮左（東） 江左 淮右（西） 江右 湖北 河北
【仄】塞北 漢北 渭北 冀北 隴右 沛右
【仄】隴西 嶺西 海南 濟南 海濱 渭陽
河東 京東 京西 關東 山西 河西 關西 江西
【平】江南 河南 山南 河南 荊南 京南 山東 江東

○江南塞北四十二 【上仄】【下平】

【平】城北 村北 溪北 河朔

西被 東匯 東入 東注 詩豐水東注

○朝東自北四十五 與天文門生東拱北互用 〔上虛〕活〔下半虛〕

〔平〕朝東 流東 連東 流西 傾西 徂東

〔上去〕嚮東 至東 會東 決西 自東 自西 決東

〔入〕自北 聳北 面北 就下 尚左 尚右

〔上平〕趍北 趍下 流下 流上

○他鄉故國四十六 〔上虛〕死〔下實〕

〔平〕他鄉 吾鄉 殊鄉 他邦 名邦 新邦 遐邦 遐方 殊方 中原 殊疆 中都 清都 清朝 昌朝 鄰封

〔上去〕故鄉 異鄉 遠鄉 此邦 彼疆 此疆 異邦 遠邦 舊邦 大邦 小邦 外邦 遠方 異方 故都 我疆 故疆

〔入〕故國 上國 外國 樂國 異國 化國 大國 別國 小國 我國 彼國 此郡 遠郡 上郡 大郡 故郡 大邑 小邑 剡邑 壯邑 故里 舊里 我里 外里 勝境 故境 外境 勝地 要地 遠地 故壤 僻壤 異域 絕域 樂土 故土 此處 此地

〔上平〕名郡 吾郡 遙郡 邊郡 他郡 吾境 佳境 他國 吾國 中國 中土 吾土 吾地 他處 何處 何地

○長流遠聳四十七 〔上虛〕死〔下虛〕活

〔平〕長流 橫流 交流 同流 深流 洪流 中流 通流 平遮 橫遮 輕遮 微遮 深遮 深藏 輕堆 微通 潛通 斜侵 深涵

〔上去〕逆流 急流 順流 直流 細流 淺流 合流 暗流

倒流 遠遮 密遮 密藏 亂堆 暗通 淡遮 亂遮

【仄】遠聳 獨聳 並聳 競聳 直聳 倒蘸 淺蘸 淺浸
淺泛 密鎖 直透 卓立 特立 屹立 突起 亂滴
暗滴 倒浸 淡抹

【上平】新漲 高聳 斜起 斜溜 環列 環聳 環拱 低拱
環立 低映 低照 森列 輕漱 斜聳 斜矗 斜入
斜遶 橫遶 長遶 微潤 高矗 高立 高出 高入
深入 環遶

○爭流競秀四十八 【上虛】死 【下虛】活

【平】爭流 分流 奔流 齊流 爭奇 爭趨 爭芳 爭高
齊高 齊傾 相通 相縈杜徑石相縈帶 相奔 相高

【上仄】轉高 轉清 轉深 鬭奇 並流 合汙 合流 並高

轉幽杜無營地轉幽 更幽杜鳥鳴山更幽

【仄】競秀晉書千岩競秀 獨秀 轉秀 特秀 迥秀 並秀
轉靜 更靜 獨立 特立 對峙 並聳 獨聳 轉瑩
更杳 對立 對起 淡抹 巧疊 不斷

【上平】爭秀 爭聳 孤秀 逾曠 逾靜詩蟬噪林逾靜 相對
偏秀 交集 相倚 相映

【通用】○難窮莫測四十九 【上虛】死 【下虛】活

【平】難窮 無窮 難攀 難窺 難量

【上仄】不漓 不汙 不窮 不盈 不虛 易盈 可航 可躋
可攀 可窺 可湘 莫窮

【仄】莫測 不測 不渡 不竭 不涸 不轉 不改 不淺
不竇 不濁 莫渡 易竭 易涸 易濁 不息 不舍

不賓 不遏 莫渡 易過 易過 不息 不舍

莫測 不測 不竭 不涸 不涸 不轉 不改 不波

可攀 可窺 可湘 莫窮 不盡 易盈 可航 可濟

不滿 不活 不窮 不盈

難窮 難窮 難攀 難窺 難量

。難窮 莫測 四十九

偏秀 文集 相倚 相映

爭秀 爭聳 孤秀 逾曠 逾靜 梁林逾靜 相對

更香 對立 對起 淡抹 巧疊 不斷 獨聳 轉淡

轉靜 更靜 獨立 特立 獨秀 轉秀 特秀 回秀

競秀 晉書 競秀 獨秀 迸秀

轉幽 杜 轉幽 更幽 杜 山更幽

轉高 轉清 轉深 臨帝 迸流 合行 合流 迸高

齊高 齊顛 相通 相 相奔 相高

爭流 分流 奔流 齊流 爭奇 爭雄 爭芳 爭高

。爭流 競秀 四十八

深入 環達 長達 微 高立 高出 高人

斜達 橫達 依照 森列 輕漱 斜聳 斜矗 斜依

環立 依映 高聳 森列 環列 環聳 環拱 環拱

新晴 回浸 斜抹 斜瞻 環列 環聳 環拱 依拱

暗酒 回浸 淡抹

淺次 家植 直遠 卓立 特立 屹立 突起 亂矗

淺聳 獨聳 並聳 競聳 直聳 倒蘸 淺蘸 淺漫

倒流 迤邐 家遠 遠蘸 亂堆 倒通 淡遠 亂遠

可掬　可濯　可涉

〔上平〕難測　難渡　難竭　無竭

○粧成削出五十　與天文門吹開洗出互用　〔並虛〕活

〔平〕粧成　修成　刋成　圍成　拖成　翻成　描成　堆成

堆翻　飛來

〔上仄〕畫成　染成　削成　斲成　疊成　漱成　送來　踏翻

〔仄〕削出　洗出　擁出　畫出　染出　瀉出　聳出　露出

界破　畫就

〔上平〕粧就　鋪就　粧出　描出　推出　流出　翻作　移作

垂下　堆就　描就

○深中淺處五十一　〔並虛〕死

〔平〕深中　明中　寬中　幽間　疎間　陰間　疎中　陰中

閑中　清時　幽時　佳時

〔上仄〕靜中　險中　暗中

〔仄〕淺處　險處　茂處　闊處　鬧處　鬧裏　靜裏　勝處

近處　遠處　靜處

〔上平〕深處　寬處　高處　佳處　幽處　閑處　平處　疎處

陰處

○如山若海五十二　〔上虛〕死〔下實〕

〔平〕如山　如岡　如陵　如川　詩天保如山如阜如岡如陵如川之方至

如江　如河　如林　如沙　如泥　如淵　如塵

〔上仄〕若川　似泥　若林　書受率其旅若林　似塵　雨

〔仄〕若海　若水　似水　若石　似石

〔上平〕如石　如水　如旱　如土　如地

【上平】如石 如火 如阜 如土 如珣

【入】若海 若水 如水 若石 如石

【上去】若川 如泥 若林 林書爰寧并承若如塵兩

如江 如河 如林 如沙 如泥 如淵 如鬧

【平】如山 如岡 如陵 如川詩如川夫保古正如山 如阜 如岡 如陵

○如山若海共十二 【上聲】先 【下平】

像處

【上平】深處 寬處 高處 佳處 幽處 閑處 平處 疎處

近處 遠處 靜處 闊處

【入】淺處 險處 沒處 闊處 開處 閑裏 靜裏 勝處

【去】靜中 險中 暗中

閑中 清時 幽時 佳時

【平】深中 明中 寬中 幽間 東間 像間 疎中 陰中

○深中淺處五十一 【詩韻】先

垂下 摧就 摘就

【上平】摧就 鋪就 摧出 摘出 摧出 流出 翻作 旋作

界成 畫就

【入】削出 洗出 擁出 畫出 流出 寫出 發出 露出

【上去】畫成 洗成 削成 舞成 疊成 嫩成 送來 露翻

堆翻 飛來

【平】粧成 修成 列成 圍成 施成 翻成 描成 堆成

○粧成削出五十典天文門次開流出互用 【詩韻】話

【上平】難測 難度 難語 無語

可測 可濯 可涉

○無聲有色五十三

平 無聲 無痕 無波 無塵 無津 無涯 上虛 死 下半實 無垠 無根

上仄 無源 無情 無邊

上仄 有聲 有音 有期 旣陂 旣豬 始波 始氷

仄 有色 有限 有節 有信 有勢 有待 有本 有脈

少岸

上平 無力 無岸 無底 無極 無滓 無限 無畔 無際

多浪 多氣 多勝 殊狀

數目 ○千山萬水五十四 上虛 死 下實

平 千山 群山 重山 千峯 雙峯 重峯 三峯 群峯

孤峰 孤村 三川 千村 千巖 千崖 千崖秋氣高 千林

雙溪 明月雙溪水 雙堤 雙津 千畦 千流 三關 千郊

三山 海上有三山 三江 滕王閣襟三江而帶五湖 三邊 孤城 孤山

上仄 兩山 兩山排闥送青來 萬山 衆山 半山 一巖 萬巖 一林

萬林 一江 一源 半江 一溪 百川 一川 一池

半池 霜倒半池蓮 九皋 鶴鳴于九皋 九原 九衢 九川 九街

兩溪 數峯 兩汀 四郊 衆流 一丘 一峯 兩峯

一村 半村 半潭 一園 半園 一畦 衆畦 一河

一山 一潭 五湖 九江 九河 半溪 兩河

仄 萬水 一水 四海 九澤 四澤 百海 四岸 兩岸

一岸 一沼 半沼 四瀆 五岳 萬壑 萬嶺

萬里 十里 百畝 萬畝 數畝 萬頃 百頃 數頃

百里 九畹 九陌 一徑 一徑野花落 一澗 一畝 一圃

萬圃 四野 萬野

萬國 四野 萬野
百里 九畹 九陌 一徑（落一徑野花） 一澗 一畝 一圍
萬里 十里 百畝 萬畝 數畝 萬頃 百頃 數頃
一岸 一路 半路 四瀆 五岳 萬壑 萬谷 萬嶺
萬水 一水 四海 九澤 四澤 百海 四岸 兩岸
一山 一潭 五湖 九江 九河 半溪 兩河
一村 半村 半潭 一園 半園 一畦 眾畦 一河
兩溪 數峰 兩汀 四郊 眾流 一丘 一峰 兩峰
半池（連塘倒半池） 九皋（鶴鳴于九皋） 九源 九衢 九川 九街
萬林 一江 一源 半江 一溪 百川 一川 一池
兩山（兩山排闥送青來） 萬山 眾山 半山 一嶽 萬嶽 一林
三山（海上有三山） 三江（滕王閣序襟三江而帶五湖） 三逕 孤城 孤山

雙溪（水明日雙溪） 雙堤 雙津 千畦 千流 三關 千穿
孤峯 孤村 三川 千村 千巖 千崖（高十崖林鳥） 千林
千山 群山 重山 千峯 雙峯 重峯 三峯 群峯
○千山萬水五十四
多浪 多流 多勝 殊狀
無力 無岸 無底 無極 無涯 無限 無畔 無際
少岸
有色 有限 有節 有信 有勢 有時 有本 有蹤
有聲 有音 有期 鳴波 鳴灘 吞波 浴水
無源 無情 無邊
無聲 無痕 無波 無塵 無津 無涯 無根
○無聲有色五十三

【上平】三徑 三徑就荒松菊猶存 雙徑 千里 千壑 千岫 三峽
雙岫 雙岸 雙澗 千澗 千畝 三島 千野 千嶂
孤嶂 三浪 禹門三級浪 【上虛】死 【下實】

○群方萬國五十五

【平】群方 多方 群邦
【上仄】四方 萬方 一方 萬邦 庶邦 百蠻 八方 一城
百城 四夷 九夷 百夷 九州 普天 五方
【仄】萬國 庶國 一國 四國 四海 六合 九有 四表
八表 四縣 率土 一縣 潘岳河陽一縣花 萬宇 萬里 十里
【上平】千里

【連綿】○高低遠近五十六 【並虛】死

【平】高低 洪纖 清紆 方圓 參差 低昂 高深 高卑
縱橫 空踈
【上仄】短長 淺深 險夷 塞通
【仄】遠近 小大 上下 巨細 廣狹 曲直 闊狹 俯仰
細大
【上平】清濁 深淺 高下 長短 踈密 夷險 流峙 肥瘠
通塞

○周流灌注五十七 【並虛】沾

【平】周流 周迴 周遭 回環 遮圍 遮藏 傾頹 流通
流行 涵濡 疏通 奔流 澄涵 翻騰
【上仄】泳游 沸騰 漂流 列環
【仄】灌注 灌溉 浸潤 潤澤 泛溢 泛漲 濺漬 浸漬
壅滯 壅塞 峭拔 聳拔 蹲伏 布列 洞達 漂蕩

壅滯 壅塞 峭拔 聳拔 蹲伏 布列 洄漩 漂蕩

灌注 灌溉 浸潤 潤澤 泛溢 泛濫 漣漪 浸漬

泳游 沸騰 漂流 列環 泛灩 翻騰 傾瀉 流通

流行 洶湧 流通 奔流

周流 周迴 周遭 回環 迴圜 遮瀕

○周流灌注五十七

通塞

清濁 深淺 高下 長短 疎密 夷險 流峙 肥瘠

細大

遠近 小大 上下 巨細 廣狹 曲直 闊狹 俯仰

短長 淺深 險夷 塞通

縱橫 淺深

高低 洪纖 清濁 方圓 參差 低昂 高深 高卑

○高低遠近五十六

千里

八表 四縣 率土 一縣 萬宇 萬里 十里

萬國 庶國 一國 四國 四海 六合 九有 四表

百城 四夷 九夷 百夷 九州 普天 五方 四方

四方 萬方 一方 萬邦 庶邦 百蠻 八方 一城

群方 多方 群邦

○群方萬國五十五

嶠章 三峽 劍門三峽

雙巒 雙岸 雙澗 千澗 千畝 三島 千野 千嶂

三逕 雙逕 千里 千畝 千曲 三峽

【上平】藏納 藏育 奔突 飄蕩 流蕩 縈遶 環遶 森列
環列 重疊 排列 羅列 遮障 環抱 回遶 森直
○崔嵬浩蕩五十八 【並虛】死
【平】崔嵬 嵳峩 巍峩 崢嶸 嶙岏 岧嶤 高稜 崇高
盤環並山 清泠 蒼茫 澄清 泓澄 瀰漫 汪洋 潺湲
漣漪 澄鮮並水 崎嶇不平並山 巉巖 槎牙並石 周圍 縈迴 迢遥
逶迤並路 深沉 清虛 清幽並地
【上仄】嶮巇山 渺茫水 寂寥地
【仄】浩蕩 蕩漾 浩渺 瀲灧 渺漠並水 崒嵂 崒兀 峭拔
秀麗 嶄絶並山 礫砢石 突兀 嶪岌並山 磊落 磊磈並石 滴瀝
點滴並泉 窈窕林 險固城 曲折 屈曲並水又路
【上平】清淺 澄澈 回合 清澈並水 虛豁洞 清潔源 深秀林 孤峭

森聳 雄麗 葱蒨並山
○泠然屹若五十九 【並虛】死
【平】泠然 巍然 峩然 森然 悠然 巍乎 清兮 清斯
高哉 危哉 林然
【上仄】濁兮 沛然 翼然 蔚然 浩然 坦然 渺然 浩乎
岌乎 淺哉 湛然 杳然
【仄】屹若 湛若 淺若 遠若 峻若
【上平】高矣 清矣
【疊字】○村村岸岸六十 【並實】
【平】村村 山山 林林 田田 巖巖 家家 州州 門門
鄉鄉 源源 丘丘 潭潭 園園
【仄】岸岸 浦浦一葉舟移浦浦風 井井 處處 在在 戶戶 世世

入 岸岸 浦浦 浦一 井井 處處 在在 戶戶 世世
鄉鄉 源源 丘丘 潭潭 園園
平 村村 山山 林林 田田 巖巖 家家 州州 門門
上 ○ 村村 岸岸 六十
去 萬笑 清笑
入 沂若 淇若 浚若 若若 浚若
上 浚乎 浚然 淇然 杳然
去 渦兮 沛然 冀然 靜然 浩然 坦然 浩然 浩乎
平 高哉 危哉 林然
平 冷然 冷然 簇然 森然 森然 鷹然 簇然 鷹乎 清兮 清斯
○ 冷然 嶬若 五十九
森森 雄豐 清湛

上 清波 清漣 回合 清激 流連 清流 清泚 流林 沔
入 點滴 激沁 陂陁 回曲 縈迂 逶迤 曲折 屈曲
去 委靡 崎嶇 陝隘 突兀 業岌 落落 瓏瓏 崔嵬
去 浩蕩 瀟湘 浩渺 瀲灩 峭拔 蓊鬱 漠漠 峯崪 崔兀 崎嶇
入 崚嶒 潺湲 沉沉 激激 清虛 清幽
上 逶迤 瀰漫 清虛 淪漪 迴環 汪洋 浩渺
平 連綿 錯落 清冷 澄清 洶湧 汪洋 浩蕩
平 嵯峨 巉巖 崢嶸 嶙峋 峻嶒 崇高
平 崔嵬 崇峨 巍峨 崢嶸 巉岏 嵯峨 五十八
○ 崔嵬 崟崟 五十八
環列 重疊 排列 羅列 遮障 環抱 回護 森直
平 激灩 澹蕩 奔突 飄颻 流湧 瀠洄 環繞 森列

路路　里里　澗澗　隴隴　洞洞　徑徑

○巍巍渺渺六十一　並虛死

平　巍巍　峩峩　層層　巉巉　幽幽　蒼蒼　重重並山　滔滔

泠泠　清清　溶溶　洋洋　深深　盈盈　消消　湯湯

潺潺　茫茫　悠悠　汪汪　泱泱並水　亭亭　漸漸並石　迢迢

漫漫　遥遥並路

仄　渺渺　蕩蕩　湛湛　浩浩　泛泛　淺淺　灧灧並水　衮衮

混混　瀝瀝　滮滮　脉脉　滴滴並泉　莽莽　漠漠並沙　奕奕

膴膴原　矗矗　隱隱　疊疊　屹屹並山　曲曲溪　磊磊　菡菡

鑿鑿並石　藹藹　鬱鬱並林　汩汩水　皎皎皎皎寒潭潔

○風月塘煙霞島六十二

三字

平　風月塘　風月山　風雨池　煙雨村　風月溪　煙水鄉

水雲鄉　氷雪池　雲霧村　雨露郊　風月林

仄　煙霞島　煙雨地　霜雪徑　霜月路　氷雪地　氷雪岸

風月徑　煙雨嶂　風月渡　煙雨岸　燈火市　塵沙路

霜雪路

○水連天山吐月六十三

平　水連天　水拍天　水滔天　浪蹴天　水明霞　水涵星

池印星　潭印星　水接天　水浮天　浪粘天　山出雲

川出雲　山抹雲　水浮雲　嶺埋雲　水浴蟾　水明蟾

渚飲虹　浪捲風

仄　山吐月　山銜月　池浸月　波浸月　波漾月　林篩月

山納月　川浴日　山吐霧　山隱霧　山罨霧　城隱霧

城帶雨　山擁雪

城帶雨　山擁雪

山涵月　川浴日　山埋霧　山隱霧　山籠霧　池泛霧

仄　山吐月　山銜月　池浸月　波浸月　波漾月　林篩月

溪斂虹　波捲風

川出雲　山抹雲　水浮雲　溪遶雲　水浴雲　水明霜

池印星　潭印星　水接天　水浮天　浪粘天　山出雲

平　水連天　水拍天　水涵天　浪翻天　水明霞　水涵星

○水連天山吐月六十三

霜雪路

風月徑　煙雨嶂　風月夜　煙雨岸　煙火市　塵沙路

仄　煙霞島　煙雨地　霜雪徑　霜月路　冰雪地　冰雪亭

水雲鄉　冰雪池　雲霧村　雨露郊　風月林

平　風月塘　風月山　風雨池　煙雨村　風月溪　煙水鄉

三字　○風月塘煙霞島六十二

鑿鑿石並　諤諤　欒欒林並　汩汩水　皎皎　皎皎寒潭

嘸嘸　嘖嘖　隱隱　疊疊　屹屹山並　曲曲溪　皓皓　幽幽

浞浞　漣漣　滌滌　淼淼　滴滴泉並　漠漠沙並　奕奕

仄　渾渾　湛湛　浩浩　汶汶　溟溟水並　湲湲

漫漫　逶逶迤並

涔涔　汸汸　汪汪　泱泱水並　亭亭　漸漸石並　泂泂

泠泠　清清　溶溶　洋洋　深深　盈盈　滑滑　潺潺

平　巍巍　峨峨　嵯嵯　幽幽　蒼蒼　重重　迢迢山並

○[illegible]海六十一

路路　里里　澗澗　隴隴　洄洄　徑徑

○桃李蹊松菊徑六十四

平 桃李蹊 松竹林 松桂林 松桂園 花柳村 麻李丘
花竹園 花柳園 桑柘村 松竹坡 蒲柳汀 楊柳堤
芙蓉園 芝蘭堦 黍稷疇 松柏峯 芋栗園 橘柚園
花果園

仄 松菊徑 楊柳岸 蘆葦岸 蓬蒿徑 蘆荻渚 苔蘚徑
桑麻地 桑麻畝 梧桐井 蘆葦徑 花柳巷

○杏花村桃葉渡六十五

平 杏花村 桃花源 藕花塘 柳花堤 蓮花池 荻花洲
蓼花汀 菱葉塘 荷葉溪 蘆葉汀 杜若洲

仄 桃葉渡 梧葉井 荷花浦 蘆花渚 桃花浪 梅花隴
桃花洞 柳花巷 楊花路 楊花徑 梅花嶺 茱萸岸

荷花蕩

○白蘋洲紅蓼岸六十六

平 白蘋洲 綠楊堤 綠柳堤 綠楊津 綠莎汀 綠苔磯
白蓮池 紅藕池 綠荷池 翠萍池 丹桂林 翠竹林
黃葉林 青草湖 碧草坡 紅葉溝 黃葉村 碧桃蹊
青草池 紅藥堦

仄 紅蓼岸 丹楓岸 丹楓渚 黃蘆渚 紅蕖沼 翠萍沼
黃菊徑 蒼苔徑 青草徑 青草渡 黃梅嶺 紅杏圃
紅蓮渚 黃葉路 芳草渡

○雞犬村牛羊徑六十七

平 雞犬村 鵝鷺池 鵜鶘洲 麒鳳郊 鳳麟洲 猿鶴林
蛟龍池 蛟龍湫 魚龍池 鼉魚池 燕雀林 虎豹山

【平】蛟龍池　蛟龍淵　魚龍池　園魚池　翡翠林　鶺鴒山
雞犬村　鵝鴨池　鴛鴦洲　鸚鵡洲　鳳凰洲　烏鵲林
○雞犬村　牛羊徑　六十七
紅蓮渚　黃葉路　芳草渡
黃菊徑　蒼苔徑　青草徑　青草渡　黃梅嶺　紅杏園
【仄】紅蓼岸　丹楓岸　丹鳳渚　黃蘆渚　紅蕖路　翠萍路
青草池　紅藥渚
黃葉林　青草湖　碧草坡　紅葉灘　黃葉村　碧桃蹊
白蓮池　紅藕池　綠荷池　翠萍池　丹桂林　翠竹林
【平】白蘋洲　綠楊堤　綠柳堤　綠楊津　綠竹汀　綠苔磯
○白蘋洲　紅蓼岸　六十六
荷花蕩

桃花洞　柳花巷　楊花路　楊柳徑　梅花嶺　茱萸岸
【仄】桃葉渡　梧葉井　荷花浦　蘆花渚　桃花浪　梅花閣
蓼花汀　蓼葉塘　荷葉溪　蘆葉汀　杜若洲
【平】杏花村　桃花源　藕花塘　柳花堤　蓮花池　荻花洲
○杏花村　桃葉渡　六十五
桑麻地　桑麻畝　梧桐井　蘆葦塘　花柳巷
【仄】松菊徑　楊柳岸　蓮蒲徑　蘆荻渚　苔蘚徑
花果園
蔬菜園　芝蘭畦　黍稷疇　松柏峯　芋栗園　橘柚園
花竹園　花柳園　桑柘村　松竹坡　蒲柳汀　楊柳堤
【平】桃李蹊　松竹林　松桂林　松桂園　花柳村　麻李丘
○桃李蹊　松菊徑　六十四

虎豹關 牛羊村 梟鴈池

【仄】牛羊徑 鯤鯨浪 黿魚沼 鼉龍沼 鯤鵬海 豺狼道

狐兔窟 鴛鴻渚

○蛺蝶畦鴛鴦渚六十八

【平】蛺蝶畦 鳳凰山 鸚鵡洲 鷓鴣峯 鶺鴒原 蝦蟆陵

鳳凰池

【仄】鴛鴦渚 蝴蝶徑 鳳凰穴 驊騮道 鴛鴦浦 麒麟苑

○白鷺洲金牛驛六十九

【平】白鷺洲 白鶴峯 朱鳳山 金龍潭 碧雞坊 金牛岡

白馬津

【仄】金牛驛 玉虹水 白鶴嶺 白鹿洞 黃牛峽

○化龍池馳驥坂七十

【平】化龍池 釣魚磯 集鳳池 化鯤溟 宿鷺沙 落鴈沙

鬧蛙池 浴鳧川 戲馬臺 回鴈峯 吠犬村 睡鴛沙

立鷺灘 駐馬堤 落鴉林

【仄】馳驥坂 奔鯨浪 化龍浪 浮鴈水 藏鴛渚 遵鴻渚

鳴蛙沼 縱魚磴 遷鶯谷 棲蝶圃 啼猿峽 飲虹澗

飲馬窟 鳴鳩野 鳴鸛垤

○水明樓山擁户七十一

【平】水明樓 水平橋 水平堤 水通池 水拍堤 水遶村

水濯纓 水行舟 水載舟 山擁門 岫列牕 潮打城

浪掀蓬 浪淘沙 石穿空

【仄】山擁户 山擁縣 山藏寺 山排闥 泉漱石 濤拍岸

氷合井

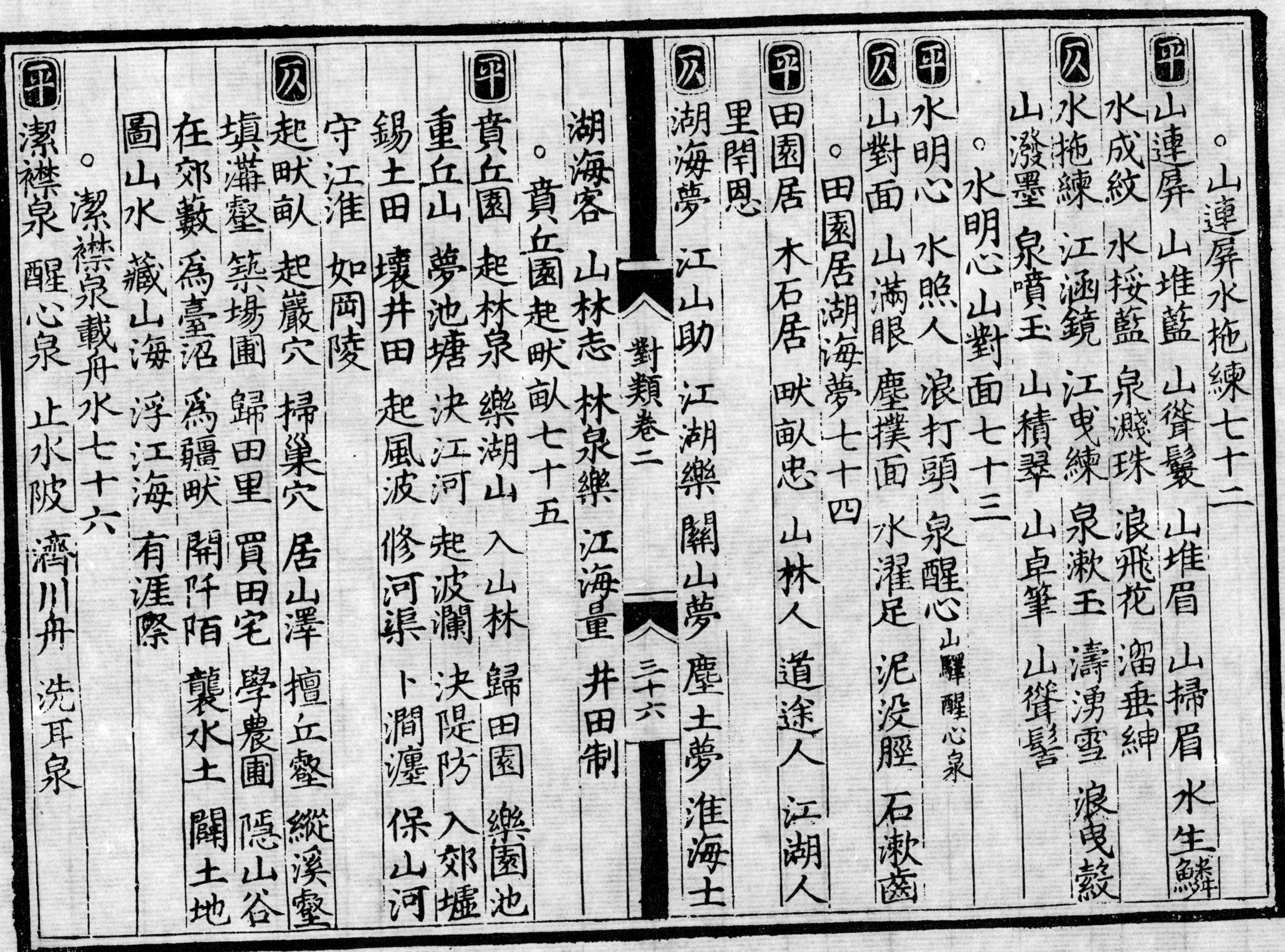

。山連屏水拖練七十二

〔平〕山連屏　山堆藍　山聳鬟　山堆眉　山掃眉　水生鱗
水成紋　水挼藍　泉濺珠　浪飛花　溜垂紳

〔仄〕水拖練　江涵鏡　江曳練　泉漱玉　濤湧雪　浪曳縠
山潑墨　泉噴玉　山積翠　山卓筆　山聳髻

。水明心山對面七十三

〔平〕水明心　水照人　浪打頭　泉醒心山驛醒心泉

〔仄〕山對面　山滿眼　塵撲面　水濯足　泥沒脛　石漱齒

。田園居湖海夢七十四

〔平〕田園居　木石居　畎畝忠　山林人　道途人　江湖人
里閈恩

〔仄〕湖海夢　江山助　江湖樂　關山夢　塵土夢　淮海土
湖海客　山林志　林泉樂　江海量　井田制

。賁丘園起畎畝七十五

〔平〕賁丘園　起林泉　樂湖山　入山林　歸田園　樂園池
重丘山　夢池塘　決江河　起波瀾　決隄防　入郊墟
錫土田　壞井田　起風波　修河渠　卜澗瀍　保山河
守江淮　如岡陵

〔仄〕起畎畝　起巖穴　掃巢穴　居山澤　擅丘壑　縱溪壑
填瀟壑　築場圃　歸田里　買田宅　學農圃　隱山谷
在郊藪　爲臺沼　爲疆畎　開阡陌　襄水土　闢土地
圖山水　藏山海　浮江海　有涯際

。潔襟泉載舟水七十六

〔平〕潔襟泉　醒心泉　止水陂　濟川舟　洗耳泉

平 濯纓泉　醒心泉　北水陂　濟川井　洗耳泉

○濯纓泉數井水十十六

圖山水　瀛山海　浮江海　有漣漪

在郊藪　爲臺沼　鑿墉畎　開阡陌　墾木土　闢土地

填溝壑　築場圃　歸田里　買田宅　擧農圃　隱山谷

仄 就畎畝　乾巖穴　構巢穴　居山澤　擅丘壑　縱溪壑

守江淮　如岡陵

鋤土田　壤井田　乾風波　涉河渠　下澗壑　保山河

平 重丘山　學池塘　決江河　乾波瀾　決隄防　入郊畿

貴丘園　樂林泉　樂湖山　入山林　歸田園　樂園池

○貴丘園乾畎畝十十五

湖海客　山林志　林泉樂　江海量　井田制

仄 湖海學　江山助　江湖樂　關山夢　鄉土夢　淮海士

里閈恩

平 田園居　木石居　畎畝志　山林人　道途人　江湖人

○田園居湖海夢十十四

仄 山樹面　山溪眼　魔擁面　水流石　泥沙壓　石漱齒

平 水明心　水照人　泉打頭　泉醒心山擁醒心泉

○水明心山樹面十十三

山疊翠　泉寶玉　山積翠　山卓筆　山發翠

仄 水拖練　江迴鏡　江曳練　泉漱玉　濤湧雪　瀑曳練

水成紋　水紋縠　泉漱珠　浪飛花　海潮中

平 山連岸　山堆鹽　山聳翠　山插面　山横屏　木

○山連岸水流東十十二

仄 載舟水 覆舟水 在孟水 朝宗海 漱齒石 就下水
朝宗水

○力拔山功平水七十七

平 力拔山 德流川 楫濟川 舟濟川 仁樂山 思湧泉
恩漏泉 辯傾河 口翻瀾 道回瀾 口懸河 師渡津

仄 功平水 文翻水 鑑取水 恩涵海 詞倒峽 氣沮石
義爲路 智樂水 耕遜畔 行讓路 農抃野 商歌市

○武陵源彭蠡澤七十八

平 武陵源 洞庭湖 崑崙山 若耶溪 高陽池 浣沙溪
昆明池 函谷關 首陽山 金谷園 太液池 富春山
太華峯

仄 彭蠡澤 雲夢澤 浯溪石 蓬萊島 新豐市 長城窟
平樂苑 上林苑

○謝家塘潘岳縣七十九

平 謝家塘 傅說巖 李廣蹊 黄憲陂 嚴陵灘 楊朱岐
李勣城 謝家池 董子園 祖逖江 亞夫營 子胥濤
白帝城 范蠡湖

仄 潘岳縣 蔣詡徑 袁宏渚 顔子巷 梁王苑 緱氏圃
文王囿 齊宣囿 樊遲圃 劉郎浦 黄姑浦 伊尹野
陶潛徑 嚴陵瀨

○道若塗性猶水八十

平 道若塗 道若川 旅如川 思如泉 貨如泉 心如淵
性猶湍 量如陂 壽如山 恩如山 福如山 意如城
學有源

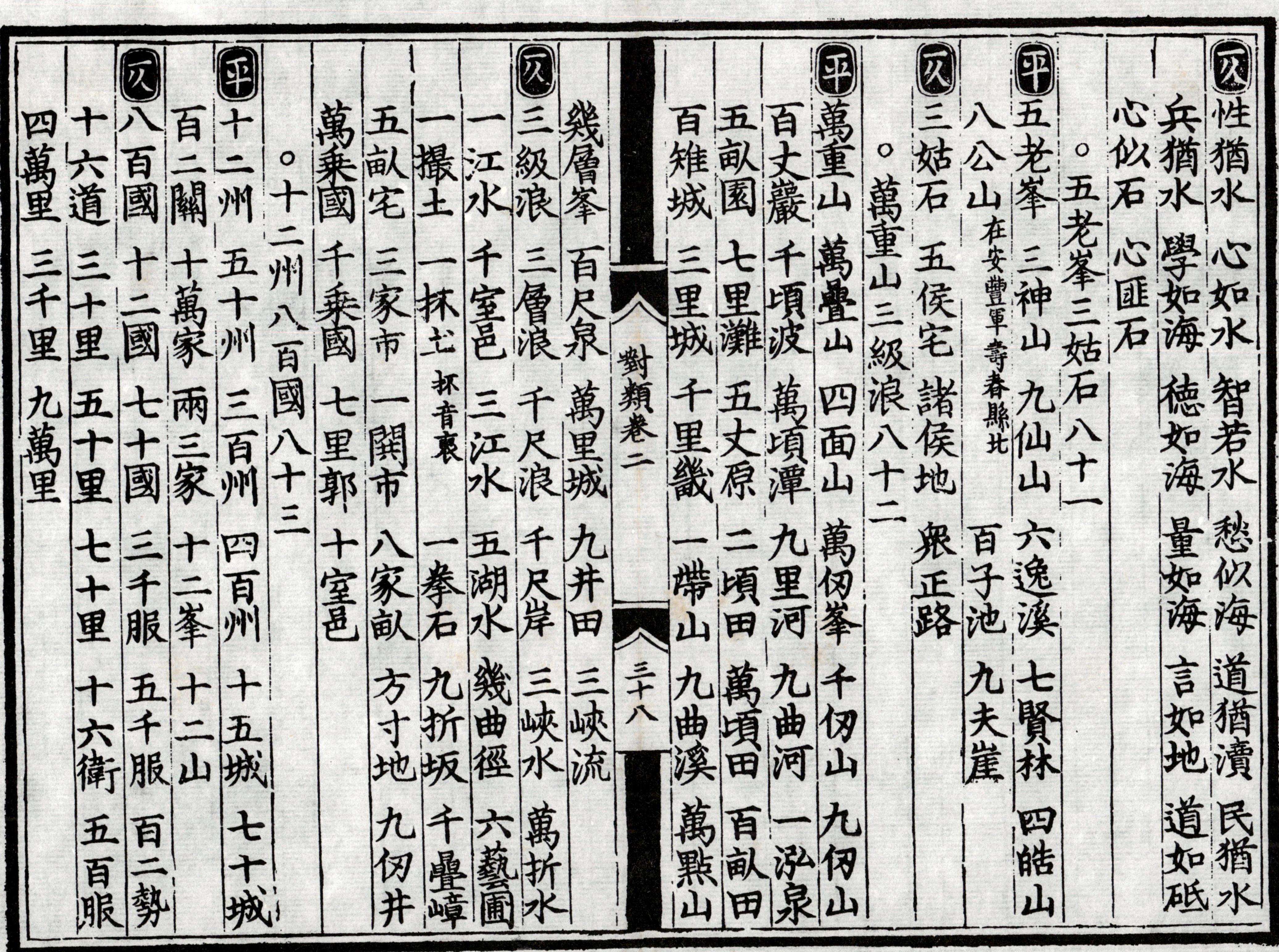

仄 性猶水　心如水　智若水　愁似海　道猶瀆　民猶水
兵猶水　學如海　德如海　量如海　言如地　道如砥
心似石　心匪石
。五老峯三姑石八十一
平 五老峯　三神山　九仙山　六逸溪　七賢林　四皓山
八公山在安豐軍壽春縣北　百子池　九夫崖
仄 三姑石　五侯宅　諸侯地　衆正路
。萬重山三級浪八十二
平 萬重山　萬疊山　四面山　萬仞峯　千仞山　九仞山
百丈巖　千頃波　萬頃潭　九里河　九曲河　一泓泉
五畝園　七里灘　五丈原　二頃田　萬頃田　百畝田
百雉城　三里城　千里畿　一帶山　九曲溪　萬點山

幾層峯　百尺泉　萬里城　九井田　三峽流
仄 三級浪　三層浪　千尺浪　千尺岸　三峽水　萬折水
一江水　千室邑　三江水　五湖水　幾曲徑　六藝圃
一撮土　一抔土抔音裒　一拳石　九折坂　千疊嶂
五畝宅　三家市　一鬨市　八家畝　方寸地　九仞井
萬乘國　千乘國　七里郭　十室邑
。十二州八百國八十三
平 十二州　五十州　三百州　四百州　十五城　七十城
百二關　十萬家　兩三家　十二峯　十二山
仄 八百國　十二國　七十國　三千服　五千服　百二勢
十六道　三十里　五十里　七十里　十六衛　五百服
四萬里　三千里　九萬里

四萬里　三千里　九萬里
十六道　三十里　五十里　七十里　十六衛　五百服
（仄）八百國　十二國　七十國　三千服　五千服　百二勢
百二關　十萬家　兩三家　十二峯　十二山
（平）十二州　五十州　三百州　四百州　十五城　七十城
〇十二州八百國八十三
萬乘國　千乘國　七里郭　十室邑
五畝宅　三家市　一關市　八家畝　方十地　九仞井
一廛土　一林芒祢青東　一峯石　九折坂　千疊嶂
一江水　千室邑　三江水　五湖水　幾曲徑　六藝圃
（仄）三級浪　三疊浪　千尺浪　千尺岸　三峽水　萬折水
幾層峯　百尺泉　萬里城　九井田　三峽流

百雉城　三里城　千里畿　一拳山　九曲溪　萬樂山
五畝園　七里灘　五丈原　二頃田　萬頃田　百畝田
百丈巖　千頃波　萬頃潭　九里河　九曲河　一泓泉
（平）萬重山　萬疊山　四面山　萬仞峯　千仞山　九仞山
〇萬重山三級浪八十二
（仄）三姑石　五侯宅　諸侯地　東征路
八公山在安豐軍壽春縣北　百子池　九天崖
（平）五老峯　三神山　九仙山　六逸溪　七賢林　四皓山
〇五老峯三姑石八十一
心欲石　心匪石
氣猶水　學如海　德如海　量如海　言如泡　道如砥
（仄）性猶水　心如水　智若水　恩似海　道猶瀆　民猶水

四字

○山川丘陵　澗溪沼沚　八十四

平　山川丘陵　城郭溝池　社稷山河　社稷封疆　苑囿汙池
土地人民　風俗人民

仄　澗溪沼沚　山林川澤　江淮河濟　丘陵原隰　華夏蠻貊
宗廟社稷　州閭鄉黨　邦甸侯衛　井邑丘甸　邦國都鄙
民人社稷

○紫陌紅塵　青山綠水　八十五

平　紫陌紅塵　蒼崖碧灣　青海黃河　綠水紅蓮　清溝汙渠
丹水紫淵　白石清泉

仄　青山綠水　丹山碧水　碧灣丹嶂　丹崖翠壁　蒼崖碧澗

○大海細流　崇山峻嶺　八十六

平　大海細流　流水孤村　清流激湍　絕壑窮溪　深谷窮原

流水高山　異域殊方　名山大川　長江大河　曲徑旁蹊
廣谷大川　高城深池

仄　崇山峻嶺　高山流水　孤峯絕岸　踈林小巷　深山大澤
深山窮谷　平原曠野　踈林小檻　平灘淺瀨　踈籬曲徑
洪濤巨浪

○潦盡潭清　峯迴路轉　八十七

平　潦盡潭清　山高雲深　源深流長　山高水長　山搖海傾
山積川流　海涵川容　海納山藏　川納藪藏　山峙川流

仄　峯迴路轉　山深林密　山鳴谷應　水落石出　山長水遠
地卑山近　川流山峙　江流石轉　溪回嶼轉　崖沉谷沒
源深流遠　泥融沙煖　風起水湧

○柳陌花衢　竹籬茅舍　八十八

平 柳陌花衢 竹徑桃蹊 海水桑田 茅舍竹籬 梨院柳塘
柳館花街
仄 竹籬茅舍 杏村桃塢 桃蹊柳曲 柳塘花塢 花街柳巷
桑田海水

○臨水登山求田問舍八十九

平 臨水登山 枕石漱流 負郭依山 鑿井耕田 沿流泝源
濬畎距川 深溝浚渠
仄 求田問舍 採山釣水 回山轉海 眠沙泛浦 流沙漸海
摘山煑海 飛沙走石

○擊楫渡江乘桴浮海九十

平 擊楫渡江 策杖渡河 著屐登山 乘槎問津 運籌量沙
仄 乘桴浮海 擁篲掃地 積粟實塞 以蠡測海 乘槎泛海

○傳說築巖伊尹耕野九十一

平 傅說築巖 文王治岐 武皇開邊 齊人侵疆 韓信囊沙
元帝渡江 光武渡河 子路馮河 子路問津 子胥怒濤
夏禹濬川 武帝塞河 賈誼弔湘
仄 伊尹耕野 傅說築野 蘇秦負郭 大禹治水 孔子飲水
孟子觀水 堯民擊壤 大舜耕歷 耿恭拜井 子產濟洧
太公釣渭 魯連蹈海

○東㵎西瀍左洙右泗九十二

平 東㵎西瀍 東夷西戎 西祀東封 內夏外夷 內華外夷
南交朔方 上垓下埏
仄 左洙右泗 南蠻北狄 南山北闕 東皋南陌 東皋南畝
東阡西陌 中都上國 大都小邑 左殽右隴 左山右水

東阡西陌 中鄰上國 大都小邑 左谿右澗 左山右水

[仄] 左洙右泗 南瀍北汶 南山北闕 東皋南陌 東泉南畝

南交朔方 上流下游

[平] 東澗西瀍 東夷西戎 西鄰東封 內夏外夷 內華外夷

○東澗西瀍左洙右泗九十二

太公釣渭 魯連蹈海

孟子觀水 堯民鑿井 大舜漁雷 耿恭拜井 子產濟洧

[仄] 伊尹耕野 傅說築巖 衛青負薪 大禹治水 孔子飲水

夏禹濬川 武帝塞河 賈誼弔湘

元帝渡江 光武渡河 子路濟河 子路問津 子胥浮濤

[平] 傅說築巖 文王治岐 武皇開邊 齊人侵疆 韓信囊沙

○傅說築巖伊尹耕野九十一

[仄] 秦皇浮海 漢帝歸地 清畢東秦 范蠡泛湖 秦皇求海

[平] 攀龍渡江 秦皇渡河 諸侯登山 秦皇問津 遷都異地

○攀龍渡江秦皇浮海九十

觀山煮海 流沙走石

[仄] 求田問舍 緣山泛水 回山轉海 服沙成浦 流沙塞海

濬畎距川 深溝浚渠

[平] 臨水登山 浮石激流 負陰依山 鑿井耕田 治流浴瀆

○臨水登山求田問舍八十九

桑田滄水

[仄] 竹籬茅舍 杏村芳墅 荒畦梯曲 茅屋桃溪

杵館花街

[平] 柳陌花衢 芳園曲巷 深水桑田 茅舍竹籬 桑麻雞犬

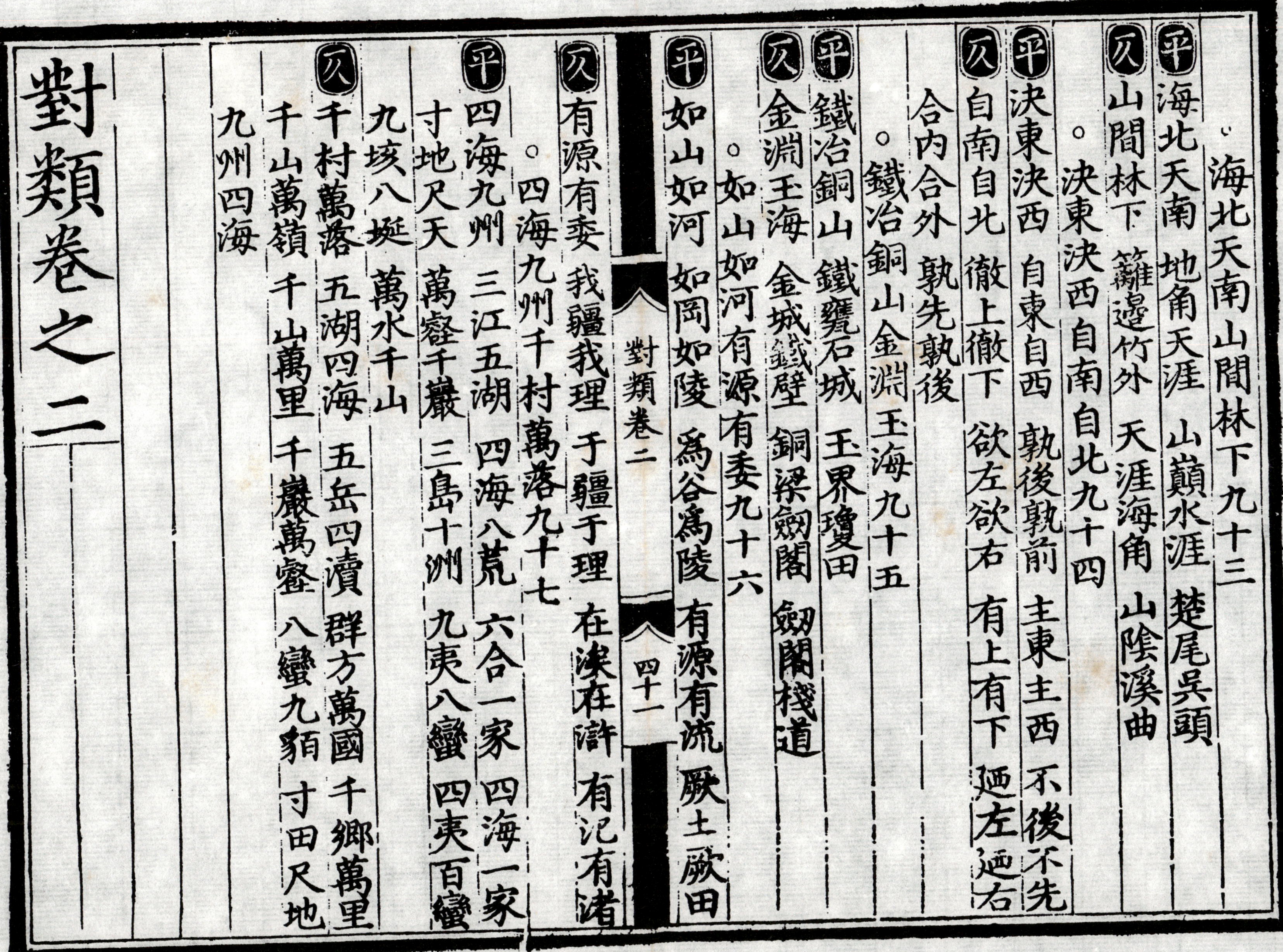

海北天南山間林下九十三

平　海北天南　地角天涯　山巔水涯　楚尾吳頭

仄　山間林下　籬邊竹外　天涯海角　山陰溪曲

。決東決西自南自北九十四

平　決東決西　自東自西　孰後孰前　主東主西　不後不先

仄　自南自北　徹上徹下　欲左欲右　有上有下　迺左迺右

合內合外　孰先孰後

。鐵冶銅山金淵玉海九十五

平　鐵冶銅山　鐵甕石城　玉界瓊田

仄　金淵玉海　金城鐵壁　銅梁劒閣　劒閣棧道

。如山如河有源有委九十六

平　如山如河　如岡如陵　爲谷爲陵　有源有流　厥土厥田

仄　有源有委　我疆我理　于疆于理　在涘在滸　有氾有渚

。四海九州千村萬落九十七

平　四海九州　三江五湖　四海八荒　六合一家　四海一家

寸地尺天　萬壑千巖　三島十洲　九夷八蠻　四夷百蠻

九垓八埏　萬水千山

仄　千村萬落　五湖四海　五岳四瀆　群方萬國　千鄉萬里

千山萬嶺　千山萬里　千巖萬壑　八蠻九貊　寸田尺地

九州四海

對類卷之二

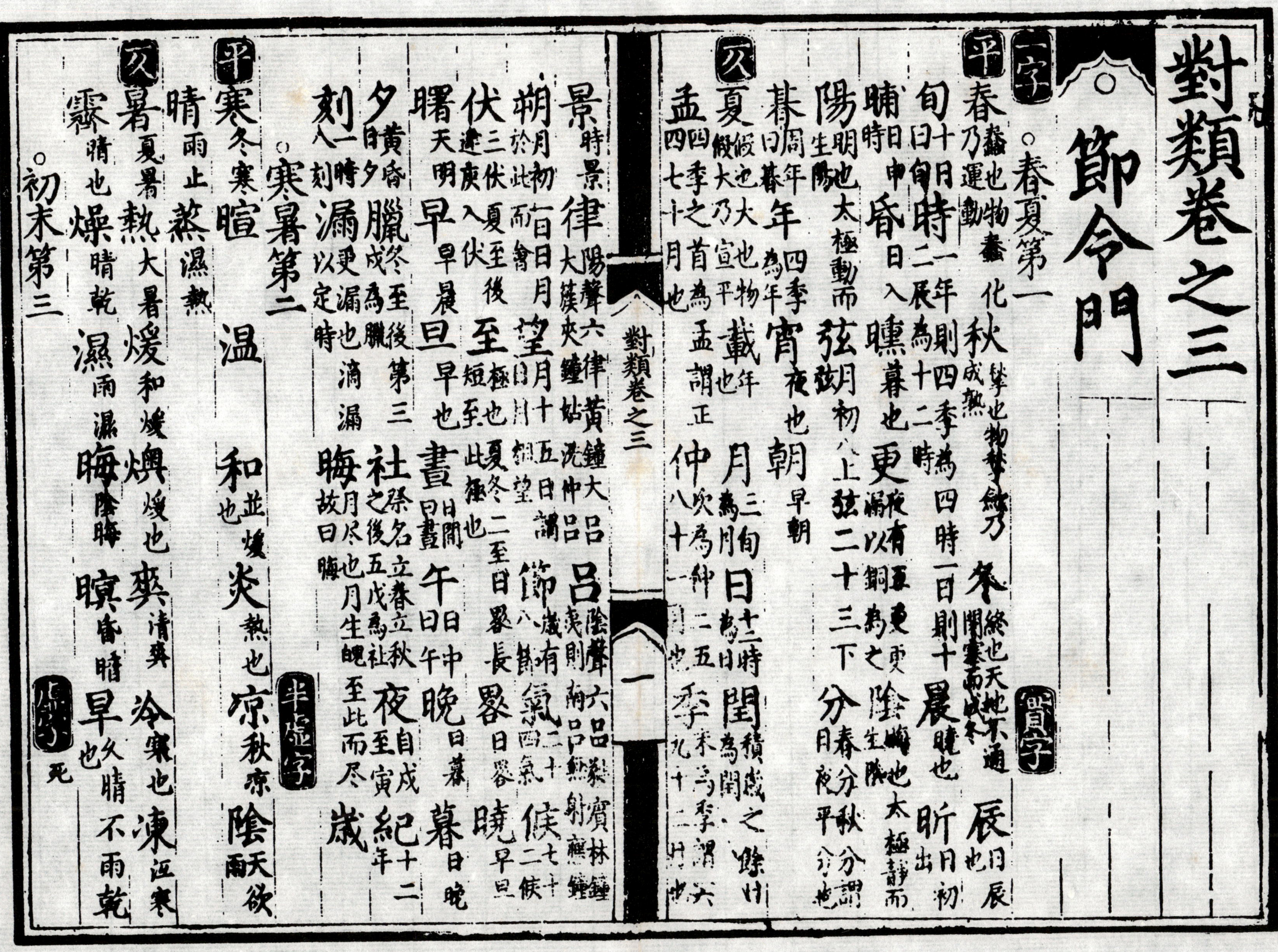

對類卷之三

節令門

一字

○春夏第一

平 春 蠢也物蠢化乃運動 秋 揫也物揫斂乃成熟 冬 終也天地不通閉塞而成冬 辰 日辰也

旬 十日曰旬 時 一年則四季為四時一日則十二辰為十二時 晨 曉也 昕 日初出

晡 日申時 昏 日入 曛 暮也 更 夜有五更漏以銅為之 陰 陰晦也太極靜而生陰

陽 明也太極動而生陽 弦 月初八上弦二十三下弦 分 春分秋分謂日夜平分也

朞 周年 年 四季為年 宵 夜也 朝 早朝

仄 夏 假也大也物假大乃宣平 載 年也 月 三旬為月 日 十二時為日 閏 積歲之餘分為閏

孟 四季之首為孟謂正四七十月也 仲 次為仲二五八十一月也 季 末為季謂六九十二月也

對類卷之三　一

景 時景 律 陽聲六律黃鍾大呂大蔟夾鍾姑洗仲呂 呂 陰聲六呂蕤賓林鍾夷則南呂無射應鍾

朔 月初一日日月於此而會 望 月十五日謂日月相望 節 歲有八節 氣 二十四氣 候 七十二候

伏 三伏夏至後遇庚入伏 至 極也夏冬二至日晷長短至此極也 晷 日晷 曉 早旦

曙 天明 早 早晨 旦 早也 晝 日間曰晝 午 日中曰午 晚 日暮 暮 日晚

夕 黃昏日夕 臘 冬至後第三戌為臘 社 祭名立春立秋之後五戊為社 夜 自戌至寅 紀 十二年

刻 一時八刻 漏 更漏也滴漏以定時 晦 月盡也月生魄至此而盡故曰晦 歲

○寒暑第二

平 寒 冬寒 暄 溫 和 並煖也 炎 熱也 涼 秋涼 陰 天欲雨

半虛字

晴 雨止 蒸 濕熱

仄 暑 夏暑 熱 大暑 煖 和煖 燠 煖也 爽 清爽 冷 寒也 凍 冱寒

霽 晴也 燥 晴乾 濕 雨濕 晦 陰晦 暝 昏暗 旱 久晴不雨乾也

○初末第三

虛字

死

對類卷之三

節令門

○春夏秋冬第一

春 化 冬 辰

旬 時 四時 一日 晨

陽 春 更 陰

陽 太 歲 分

來 年 朝 閏

夏 孟 月 日 閏

孟 仲 季

○寒暑第二

寒 暑 溫 和 炎 涼 陰 晴 旱 凍

刻 夕 曉 伏 朝 晝 午 社 夜 暮 歲 紀

○初末第三

〔平〕初（時方發）中（時方中）遲（時在後）高（時久）殘（將盡）闌（殘也）先（在前曰先）

窮（終盡）方 餘 新（初也）深（時已久）終（盡也）

〔仄〕末（時將盡）半（時正中）淺（時不多）暮（欲盡）盡（窮盡）後（過去曰後）永（長也）

短（日短）近（將臨）早（時在先）老（年多為老）杪（末也）正（首）

○來往第四

〔虛字〕活

〔平〕來（至也）回（回還）歸（回也）留（住也）臨（近也）當 踰（過越）

侵（臨也）逢（過也）催

〔仄〕往（去也）去（往也）至（到也）屆（到也）過（往也）值（遇逢時）住（止也）

換（更也）退（去減）轉（移也）透（過也）及 屬 到（至也）

○春秋晝夜第五

〔二字〕〔平〕春秋 秋春 秋冬 冬春 晨昏 朝昏 朝晡 朝昕

昏昕 昏朝 時辰 時年 旬時 光陰 陰陽（夏至一陰生冬至一陽生）

〔仄〕歲年 歲時 日時 日辰 旦昏 早朝 [illegible] 古先

古今（往古來今） 夏秋（詩夏之日秋之夜） 夙宵

〔仄〕晝夜 日夜 蚤夜 夙夜（夙興夜寐） 曉夜 曉暮 曉夕

旦晝 旦晚 旦暮 旦夕 旦夜（孟子旦氣夜氣） 暮夜 蚤暮

蚤晚 蚤晏 正朔 朔望 晦朔 節朔 節氣 節序

節候 氣節 氣象 歲月 月日 伏臘 晷刻 昧爽

古昔 曩昔 往昔 往古 頃刻 氣候

〔上平〕春夏 冬夏 秋夏 朝夜 朝夕 晨夕 昕夕 朝暮

昏暮 昏晚 昏旦 時序 時刻 時候 時令 時節

時月 時日 弦望 旬月 旬日 年歲 年紀 年月

朞月 年載 今古 今昨 今昔 分至 俄頃

中元上巳第六

【平】中元(七月十五日) 新元 新正 元正 元宵 清明(三月) 春分

秋分 中秋 端陽 重陽 中和(二月朔日中和)

【上去】上元(正月) 下元(十月) 立春 立秋 立冬 歲除 首正 小春

【仄】上巳(三月) 九日(九月) 七夕(七月) 巧夕 穀雨(三月) 三伏 伏日 臘日

歲旦 午節 夏至 社日 至節

【上平】元日 正旦 人日(正月初七日為人日) 寒食 端午 重午 重九

長至(杜冬後日初長) 除夜 芒種 冬至 元夜

時當候屆第七 【上實】【下虛】活

【平】時當 時臨 時逢 時惟 時方 時更

【上去】候當 候臨 候更 序更 序臨 節臨 節逢 日逢

景當 月當 月更 月臨

【仄】候屆 節屆 節近 節遇 節屬 景屬 序屬 律轉

【上平】時近 時屆 時屬 時轉 時值

初春早夏第八 (典芳春永夏互用) 【上虛】死【下實】

【平】初春 新春 深春 方春(丙吉傳方春少陽用事) 殘春 餘春 將春

中春 陽春 濃春 初秋 新秋 深秋 高秋 殘秋

涼秋 初冬 深冬 新冬 方冬 隆冬 窮冬 殘冬

初年 元年 新年 窮年 平明 遲明 黎明 初更

深更 殘更 殘宵 中宵 殘年

【上去】孟春(正月) 仲春(二月) 季春(三月) 早春 首春 上春 晚春 暮春

正秋 孟秋(七月) 仲秋(八月) 季秋(九月) 早秋 晚秋 暮秋 杪秋

孟冬(十月) 仲冬(十一月) 季冬(十二月) 早冬 晚冬 暮冬 晚年 暮年

半宵 詰朝

【仄】早夏 首夏 孟夏(四月) 仲夏(五月) 季夏(六月) 盛夏 晚夏 晚歲

杪歲　正歲　舊歲　薄晚　薄暮　薄午梁元纂要日斜午曰薄午
正午　午夜　半夜　季月　閏月　孟月　仲月　晏歲
【上平】初夏　新夏　殘夏　將夏　深夏　深夜　殘夜　中午
正月　差午　殘歲　新歲　窮歲　殘臘　亭午梁元纂要日在午曰亭午

○春初夏末第九　【上實】【下虛】死

【平】春初　春中　春遲杜老去願春遲　春深　春殘　春闌　春分
春餘杜春餘幾許時　秋深　秋殘　秋闌　秋分　秋高　秋中
秋初　冬殘　冬闌　冬初　冬深　更殘　更闌　更長
宵分　年來　年深　年窮　年更　宵殘　更初　更深
【上仄】夏初　夏深　夏長　夏殘　夏闌　歲初　歲殘　歲闌
歲窮　歲終　歲更　歲餘晉董遇讀書常以三餘云冬者歲之餘　夜長　夜深
夜闌　夜殘　夜分　漏殘　漏沉　漏長　漏深　月終
月初　月餘　晝長　臘殘
【仄】夏末　夏早　夏半　夏晚　夏永　夏杪　夏盡　晝永
晝短　晝靜　夜半　夜永　夜短杜仲夏苦夜短　夜靜　夜盡
歲晚　歲杪　歲暮詩歲聿云暮　歲近　歲晏離騷歲既晏兮孰華予
歲逼　歲盡　日永　日暮　日正　日晚　日晏　日短
漏短　漏促　漏盡　漏永　漏徹　臘近　臘盡　晷短
月末　月盡
【上平】春早　春半　春近　春永　春盡　春淺　春末　春晚
春杪　春老　春暮　秋近　秋早　秋半　秋老　秋暮
秋晚　秋杪　秋末　秋盡　秋後　冬半　冬早　冬末
冬晚　冬近　冬暮　冬杪　年近　年杪　年盡　年換

○芳春永夏第十　與良辰美景互用　【上虛】死【下實】

○冬春永夏第十 與[illegible]用 [illegible] 又 [illegible]

冬晚　冬近　冬暮　冬杪　年近　年杪　年盡　年殘

秋晚　秋杪　秋末　秋盡　秋殘　冬半　冬早　冬春

春杪　春老　春暮　秋近　秋早　秋半　秋老　秋暮

春早　春半　春近　春永　春盡　春殘　春末　春晚

月末　月盡

漏短　漏促　漏盡　漏永　漏徹　臘近　臘盡　晷短

歲逼　歲盡　日永　日暮　日正　日晚　日晏　日短

歲晚　歲杪　歲暮[illegible]　歲近　歲晏[illegible]

晝短　晝靜　夜半　夜永　夜短[illegible]　夜靜　夜盡

夏末　夏早　夏半　夏晚　夏永　夏杪　夏盡　晝永

月初　月餘　晝長　臘殘

夜闌　夜殘　夜分　漏殘　漏沉　漏長　漏深　月斜

歲窮　歲殘　歲更　歲餘[illegible]　夜長　夜深

夏初　夏深　夏長　夏殘　夏闌　歲初　歲殘　歲闌

宵分　年來　年深　年殘　年更　宵殘　更初　更深

秋初　冬殘　冬闌　冬初　冬深　更殘　更闌　更長

春餘[illegible]　秋深　秋殘　秋闌　秋分　秋高　秋中

春初　春中　春遲[illegible]　春深　春殘　春闌　春分

○春初夏末第九 [illegible] 又

正月　晝午　殘歲　新歲　窮歲　殘臘　亭午[illegible]

初夏　新夏　殘夏　將夏　深夏　深夜　殘夜　中午

正午　午夜　半夜　季月　閏月　孟月　仲月　晏歲

杪歲　正歲　舊歲　薄晚　薄暮　薄午[illegible]

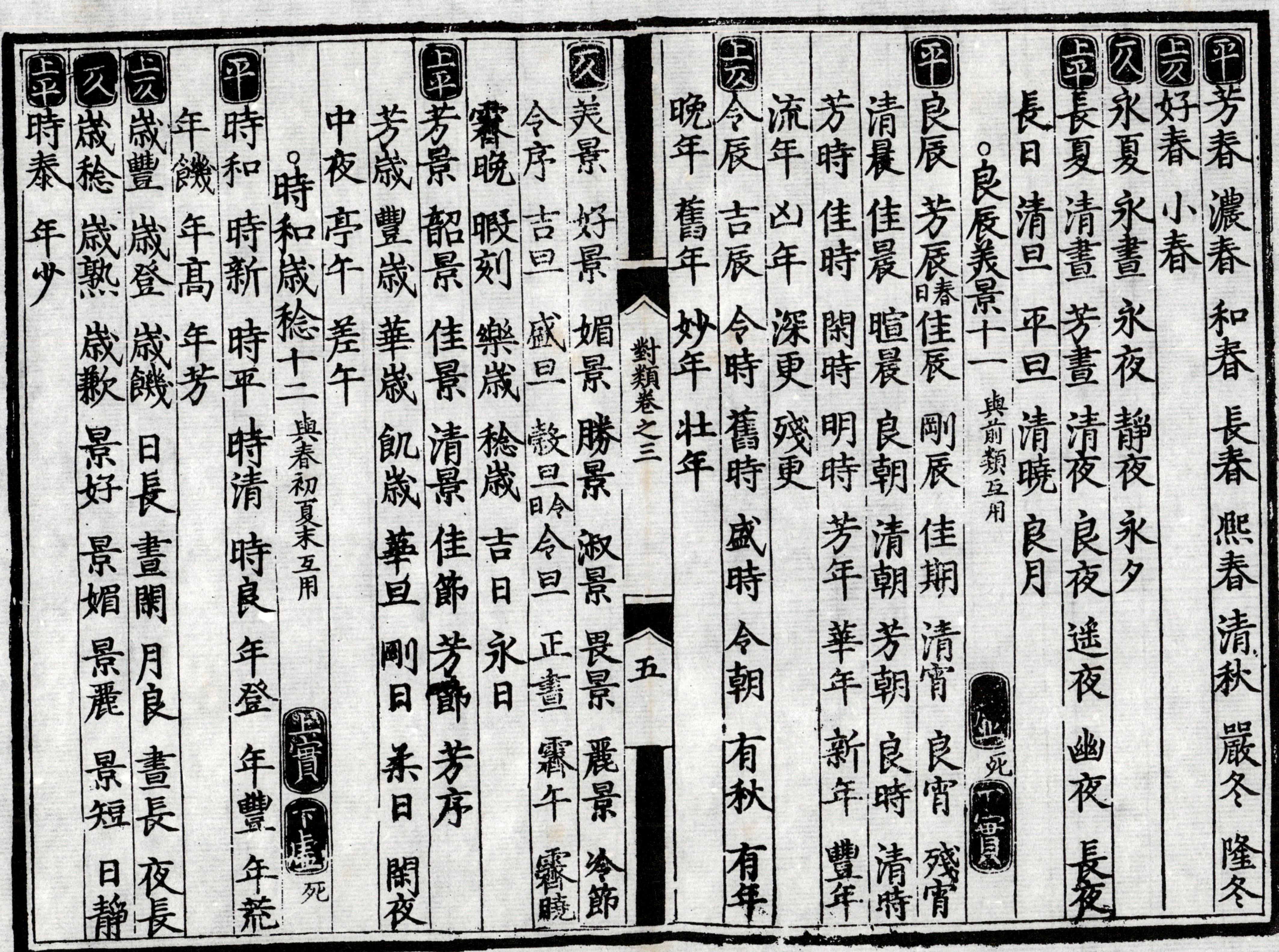

平 芳春 濃春 和春 長春 熙春 清秋 嚴冬 隆冬
上仄 好春 小春
仄 永夏 永晝 永夜 靜夜 永夕
上平 長夏 清晝 芳晝 清夜 良夜 遥夜 幽夜 長夜
長日 清旦 平旦 清曉 良月

○良辰美景十一 與前類互用 上虛 死 下實

平 良辰 芳辰 春日 佳辰 剛辰 佳期 清宵 良宵 殘宵
清晨 佳晨 暄晨 良朝 清朝 芳朝 良時 清時
芳時 佳時 閑時 明時 芳年 華年 新年 豐年
流年 凶年 深更 殘更
上仄 令辰 吉辰 令時 舊時 盛時 令朝 有秋 有年
晚年 舊年 妙年 壯年

仄 美景 好景 媚景 勝景 淑景 畏景 麗景 冷節
令序 吉旦 盛旦 穀旦 日令 令旦 正晝 霽午 霽曉
霽晚 暇刻 樂歲 稔歲 吉日 永日
上平 芳景 韶景 佳景 清景 佳節 芳節 芳序
芳歲 豐歲 華歲 飢歲 華旦 剛日 柔日 閑夜
中夜 亭午 差午

○時和歲稔十二 與春初夏末互用 上實 下虛 死

平 時和 時新 時平 時清 時良 年登 年豐 年荒
年饑 年高 年芳
上仄 歲豐 歲登 歲饑 日長 晝閑 月良 晝長 夜長
仄 歲稔 歲熟 歲歉 景好 景媚 景麗 景短 日靜
上平 時泰 年少

〔上平〕時泰　年少
〔去入〕歲稔　歲熟　歲歉　景好　景娟　景萋　景短　日靜
〔上去〕歲豐　歲登　歲饑　日長　晝闌　月良　晝長　夜長
年饑　年高　年芳
〔平〕時和　時新　時平　時清　時良　年登　年豐　年荒
○時和歲稔十二（與春和夏秉互用）　完
中夜　亭午　遲午
芳歲　豐歲　華歲　凱歲　華旦　圓日　嘉日　閱歲
〔上平〕芳景　韶景　佳景　清景　佳節　芳節　芳辰
暮晚　暇刻　樂歲　稔歲　吉日　永日
令辰　古旦　瑞旦　歲旦（日令）　令旦　正晝　霽午　霽曉
〔入〕美景　好景　媚景　勝景　淑景　畏景　麗景　令節

曉年　舊年　妙年　壯年
〔上去〕令辰　吉辰　令時　舊時　盛時　令朝　有秋　有年
流年　凶年　深更　殘更
芳時　佳時　閒時　明時　芳年　華年　新年　豐年
清晨　佳晨　暄晨　良朝　清朝　芳朝　良時　清時
〔平〕良辰　芳辰　春（日）佳辰　閒辰　佳期　清宵　良宵　殘宵
○良辰美景十一（與前節互用）　完
長日　清旦　平旦　清曉　良月
〔上平〕長夏　清晝　芳晝　清夜　良夜　遙夜　幽夜　長夜
〔入〕永夏　永晝　永夜　靜夜　永夕
〔上去〕好春　小春
〔平〕芳春　濃春　和春　長春　融春　清秋　嚴冬　隆冬

○春來夏到十三 【上實】【下虛】活

【平】春來 春回詩春隨斗柄回 春留 春歸 春臨 春還

秋來 秋歸 秋回 冬來冬來只薄寒 宵來 冬回 朝來

年來

【上仄】曉來 晚來 夜來 日來 夏臨 夏來 歲臨 月臨

月諸 節臨 歲徂 歲來 日居

【仄】夏到 夏至 夏去 夏過 夏屆 節近 候正 臘至

日往 月往 律轉 漏轉 社到 歲去 歲邁

【上平】春到 春至 春去 春過 春透 春入 春減 春及

秋至 秋到 秋入 秋去 冬去 冬到 年去 年到

冬迫 除近

○先春往歲十四 【上虛】死 【下實】

【平】先春 今春 來春 先秋 今秋 前秋 今冬 今年

他年 明年 來年 前年 當年 初年 何年 今朝

明朝 來朝 平時 當時 他時 何時 前時

今晨 今宵 前宵 來宵

【上仄】昔時 甚時 那時 向時 是時 往時 異

即時 此時 舊時 昔年 去年 往〻 舊年 每春

此春 此秋 此冬 昨宵

【仄】往歲 故歲 是歲 每歲 昨歲 舊歲 昔日 曩日

異日 那日 昨日 此日 翌日 後日 舊日 每日

是日 甚日 即日 往日 向日 昨夜 此夜 此夕

【上平】今歲 來歲 新歲 殘歲 今日 明日 來日 平日

前日 他日 何日 當日 今夜 前夜 今夕 何夕

前日 他日 何日 當日 今夜 前夜 今夕 何夕
今歲 來歲 新歲 舊歲 今日 明日 來日 平日
是日 其日 即日 往日 向日 昨夜 此夜 此夕
異日 那日 昨日 此日 翌日 後日 舊日 每日
往歲 故歲 是歲 每歲 昨歲 舊歲 昔日 曩日
此春 此秋 此冬 昨宵
即時 此時 舊時 昔年 去年 往〃 舊年 每春
青時 其時 那時 向時 是時 往時 異〃
今曩 今宵 前宵 來宵
明朝 來朝 平時 當時 他時 何時 前時
他年 明年 來年 前年 當年 初年 何年 今朝
先春 今春 來春 先秋 今秋 前秋 今冬 今年

○先春往歲十四
冬迫 節近
秋至 秋降 秋入 秋去 冬去 冬到 年去 年到
春到 春至 春去 春過 春遲 春入 春滿 春返
日往 月往 律轉 漏轉 社到 歲去 歲邁
夏到 夏至 夏去 夏過 夏臨 節近 候正 臘至
月諸 節臨 歲徂 歲暮 日暮
曉來 晚來 夜來 日來 夏臨 夏來 歲臨 月臨
年來
秋來 秋歸 秋回 冬來 宵來 冬回 朝來
春來 春回 春臨 春歸 春臨 春還
○春來夏到十三

今夏

○春前臘後十五　上實下虛　死

【平】春前　春間　春中　秋間　秋中　秋前　冬間　冬前
年前　時間　朝前　宵中　年中

【上去】夏間　歲間　歲前　社前　臘前（梅蕊臘前破）　午前　節間
午間　夜間　夜中　曉間　晚間　刻中　日前　日間
晚邊　歲邊　歲前　節前

【入】臘後　歲後　歲裏　旦上　早上　午後　晝後　晚際
晚後　夜後　社後　節後　夜裏　日裏

【上平】春裏　春末　春後　秋裏　秋末　秋後　冬裏　冬後
年裏　年後　朝後

○經春歷夏十六　上虛　死　下實

【平】經春　将春　方春　當春　踰春　開春　方秋　當秋
經秋　将秋　臨秋　經冬　方冬　當冬　臨冬　經年
連年　踰年　頻年　長年　窮年　連宵　經宵　徯期
通宵　終宵　經朝　連朝　崇朝　終朝　經旬　踰旬
連旬　彌旬　踰時　過時　乘時　趨時　逢時　長時
移時　臨時　經時　逢辰　侵晨　淩晨　臨期

【上去】近春　度春　隔春　向春　歷春　入春　涉春　放春
近秋　隔秋　度秋　望秋　越秋　入秋　正秋　及秋
近冬　隔冬　越旬　隔旬　越宵　隔宵　詰朝　隔年
歷年　積年　歷時　決時　隔時　及時　越時　後時
向時　過時　俟時　近時　向晨　失期　後期

【入】歷夏　入夏　隔夏　過夏　涉夏　度夏　隔歲　迫歲

適夏 入夏 隔夏 過夏 殘夏 度夏 隔歲 迫歲

向時 過時 候時 近時 向晨 失期 後期

應年 積年 應時 失時 隔時 及時 越時 後時

近冬 隔冬 越旬 隔旬 越宵 隔宵 詰朝 隔年

近秋 隔秋 度秋 望秋 越秋 入秋 王秋 又秋

近春 度春 隔春 向春 應春 入春 游春 改春

移時 臨時 經時 逢辰 侵晨 凌晨 臨期

連句 聯句 踰時 過時 乘時 趨時 逢時 長時

通宵 終宵 經朝 連朝 崇朝 終朝 經旬 踰旬

連年 踰年 頻年 長年 窮年 連宵 經宵 從朝

經秋 將秋 臨秋 經冬 方冬 當冬 臨冬 經年

經春 將春 方春 當春 踰春 開春 方秋 當秋

○經春應夏十六

年裏 年後 朝後

春裏 春末 春後 秋裏 秋末 秋後 冬裏 冬後

晚後 夜後 社後 節後 夜裏 日裏

臘後 歲後 歲裏 旦上 早上 午後 晝後 晚際

晚邊 歲邊 歲前 節前

午間 夜間 夜中 曉間 晚間 刻中 日前 日間

夏間 歲間 歲前 社前 臘前 午前 節間

年前 時間 朝前 宵中 年中

春前 春間 春中 秋間 秋中 秋前 冬間 冬前

○春前臘後十五

今夏

卒歲 越歲 歷歲 度歲 過歲 遂歲 累歲 積歲
隔日 歷日 竟日 盡日 鎮日 指日 尅日 累日
積日 逐日 隔月 越月 累月 隔夜 徹夜 入夜
近夜 迫夜 向夜 半夜 盡夜 信夜 向曉 拂曉
際曉 欲曉 正曉 到曉 破曉 漸曉 未曉 向晚
薄晚 近晚 迫晚 值晚 欲午 正午 未午 迫午
迫暮 欲暮 隔夕 近臘 入伏
上平 經夏 方夏 經歲 踰歲 終歲 經月 踰月 連月
彌月 經日 連日 終日 長日 將旦 平旦 將曉
方曉 當晝 當午 亭午 過午 將暮 方暮 將晚
將夕 經夕 終夕 通夕 連夕 經夜 將夜 終夜
連夜 經宿

〇朝升晚出十七 [illegible] 下虛 死
平 朝升 朝吹 冬凝
上六 曉滋 曉凝 夜凝 午凝 夜收 晚留
仄 晚出 夜照 夜滴 夜隕 夜見 夜結 夜積 午映
夕起
上平 春泮 宵掛 杜詩新月迎宵掛

〇晴春霽曉十八 與天文門晴天煖日互用 上平虛 下實
平 晴春 熙春 選熙春寒氣往 陽春 芳春 和春 融春 韶春
濃春 韶陽 涼秋 寒冬 晴冬 涼辰 暄辰 寒時
暄時 晴時 寒朝 涼朝 寒更 寒宵 涼宵
上六 煖春 冷秋 凜秋 煖冬
仄 霽曉 霽景 煖晝 煖景 霽午 暑夏 暑夕 暑夜

〔又〕霽境 霽景 殘晝 殘景 霽午 暑夏 暑夕 暑夜
〔上〕殘春 冷秋 涼秋 殘冬
暄時 晴時 寒朝 涼朝 寒更 寒宵 涼宵
濃春 韶陽 涼秋 寒冬 晴冬 涼辰 暄辰 寒時
〔平〕晴春 濃春萬選佳濃春寒 陽春 芳春 和春 融春 韶春
○晴春靄曉士人 與天文門晴天殘日互用
〔平〕春淨 清掛杜詩靜月澄清
夕艷
〔又〕曉出 夜服 夜漏 夜隕 夜息 夜結 夜積 午魄
〔去〕曉溢 曉凝 夜凝 午凝 夜收 曉留
〔平〕朝升 朝吹 分凝
○朝升 曉出 十七

連夜 經宿
將夕 經夕 終夕 通夕 連夕 經夜 將夜 終夜
方曉 當晝 當午 亭午 過午 將暮 方暮 將曉
彌月 經日 連日 終日 長日 將旦 平旦 將曉
〔平〕經夏 方夏 經歲 踰歲 終歲 經月 踰月 連月
迫暮 欲暮 隔夕 近臘 入伏
薄晚 近晚 迫曉 直曉 欲午 正午 未午 迫午
際曉 欲曉 正曉 到曉 破曉 漸曉 未曉 向曉
近夜 迫夜 向夜 半夜 盡夜 信夜 向曉 拂曉
積日 逐日 隔月 遊月 累月 隔夜 微夜 入夜
隔日 歷日 竟日 盡日 鎮日 指日 訖日 累日
卒歲 越歲 歷歲 度歲 過歲 逐歲 累歲 積歲

煖夜

【上平】韶景 炎夏 凉旦 晴曉 寒曉 晴景 晴晝 凉夕
寒夕 寒夜 凉夜 寒臘 寒暮 晴晚 【上實】【下半虛】

○春寒夏熱十九

【平】春寒 春融 春暄 春和（杜：春氣漸和柔） 春陰 春妍 春芳
春温 春遲 春濃（杜：庭春入眼濃） 春晴 秋清 秋晴 秋凉
秋陰 冬晴 冬温 冬暄 晨暄 冬寒 冬陰 朝晴
朝寒

【上仄】夏凉 夏炎 夏寒（杜：江竹能夏寒） 晚凉 早凉 午凉 晝凉
夜凉 夕凉 曉凉 夕陰 曉陰 晝陰 午陰（趙師民：槐夏午陰凉）
曉寒 晚寒 夜寒 暮寒 社寒 臘寒 歲寒 曉晴
晝晴 晚晴 午晴

【仄】夏熱 夏暑 夏溽 夏旱 夏清 晝熱 晝暖 晝冷
曉霽 曉冷 曉爽 午霽 午熱 午冷 暮冷 曉凍
晚霽 晚爽 夜暖 夜冷 夜熱 夜霽 夕霽 伏暑
伏熱 臘凍

【上平】春曉 春媚 春暖 春霽 春冷 春煥 春旱 秋暑
秋熱 秋爽 秋冷 秋肅 秋霽 秋旱 冬冷 冬凜
冬暖 朝冷 朝爽 晨潤

○春朝夏夜二十 與天文門春天夏日互用 【並實】

【平】春朝 春晨 春時 春宵 春期 秋晨 秋時 秋宵
秋期 冬晨 冬宵 冬期 冬時 冬朝 年時

【上仄】夜時 社時 歲時 夏時

【仄仄】夏夜 夏日 夏月 夏景 夏晝 暑夕 暑月 暑夜

夏夜　夏日　夏月　夏景　夏晝　暑夕　暑月　暑夜

夜時　社時　歲時　夏時

秋期　冬晨　冬宵　冬期　冬時　冬朝　年時

春朝　春晨　春時　春宵　春期　秋晨　秋時　秋宵

○春朝夏夜二十　與天文門春天夏日互用

冬暖　朝冷　朝爽　晨潤

秋熱　秋爽　秋冷　秋雨　秋露　秋旱　冬冷　冬雪

春曉　春媚　春暖　春霽　春冷　春煥　春旱　春暑

伏熱　臘凍

晚霽　晚爽　夜暖　夜冷　夜熱　夜霽　夕霽　伏暑

曉霽　曉冷　曉爽　午霽　午熱　午冷　暮冷　曉凍

夏熱　夏暑　夏涼　夏旱　夏清　晝熱　晝暖　晝冷

晝晴　晚晴　午晴

曉寒　曉寒　夜寒　暮寒　社寒　臘寒　歲寒　曉晴

夜涼　夕涼　曉涼　夕陰　曉陰　晝陰　午陰[illegible]

夏涼　夏炎　夏寒夏寒杜寒竹能　曉涼　早涼　午涼　晝涼

朝寒

秋陰　冬晴　冬溫　冬暄　晨暄　冬寒　冬陰　朝晴

春溫　春暄　春濃暖杜濃遊春人　春晴　秋清　秋晴　秋涼

春寒　春融　春暄　春和和杜春氣和　春陰　春妍　春芳

○春寒夏熱十九

寒夕　寒夜　涼夜　寒臘　寒暮　清晚

韶景　炎夏　涼旦　清曉　寒曉　清景　清晝　涼夕

暖夜

晚景　夜景　晝景　朔旦　臘月　歲夜
【上平】春曉　春晝　春景　春晚　春夜　春令　春序　春月
秋景　秋晚　秋夜　秋曉　秋夕　秋月　秋令　冬夜
冬曉　冬景　冬晚　冬月　冬令　冬序

○炎凉冷煖二十一【去半虛】

【平】炎凉　温凉　寒凉　暄凉　寒暄　晴暄　寒温　陰晴
光陰
【上去】晦明
【入】冷煖　冷熱　燥熱　顯晦　暑熱
【上平】寒熱　寒煖　寒燠　温清　晴雨　炎熱　凉冷　温暖
寒暑

○初寒乍煖二十二【上虛】死【下半虛】

【平】初寒　將寒　猶寒　纔寒　方寒　初凉　初晴　纔晴
方晴　新晴　將晴　將明　將昏　初温　初暄　初陰
差凉
【上去】乍晴　欲晴　未晴　已晴　快晴　半晴　漸晴　久晴
忽晴　擬晴　漸凉　乍凉　已凉　未凉　稍凉　正凉
漸寒　已寒　未寒　尚寒　稍寒　頗寒　乍寒　極寒
向晴　向明　欲明　正炎　未明　向晨　漸暄　不寒
【入】乍煖　向煖　欲煖　尚煖　漸煖　已煖　未煖　不煖
正煖　漸冷　乍冷　向冷　極冷　乍熱　向熱　正熱
漸熱　不熱　正暑　欲霽　已霽　乍霽　未霽　正爽
久旱　薄暝　乍雨　欲雨　不雨　半雨　欲曉　欲晚
【上平】纔霽　差冷　猶冷　方冷　纔冷　初冷　差煖　方煖

晚景 夜景 畫景 拂旦 臘月 歲夜
[上平] 春曉 春畫 春景 春晚 春夜 春令 春季 春月
秋景 秋晚 秋夜 秋曉 秋夕 秋月 秋令 冬夜
冬曉 冬景 冬晚 冬月 冬令 冬季

○炎涼冷暖二十一

[平] 炎涼 溫涼 寒涼 暄涼 寒暄 晴暄 寒溫 陰晴
先陰
[去] 解明
[入] 冷暖 冷熱 燠熱 顯煥 暑熱
[上] 寒熱 寒煖 寒燠 溫清 清雨 炎熱 涼冷 溫暖
寒暑

○初寒下平二十二

[平] 初寒 將寒 酒寒 邊寒 方寒 初涼 初晴 幾晴
方晴 新晴 將晴 將明 將昏 初溫 初暄 初陰
羞涼
[上] 乍晴 欲晴 未晴 已晴 快晴 半晴 漸晴 久晴
况晴 擬晴 漸涼 乍涼 已涼 未涼 稍涼 正涼
漸寒 已寒 未寒 尚寒 稍寒 頗寒 乍寒 不寒
向晴 向明 欲明 正炎 未明 向晨 漸暄 不寒
[入] 乍暖 向暖 欲暖 尚暖 漸暖 已暖 未暖 正暖
正暖 不熱 正暑 向暖 已暖 乍熱 向熱 正熱
漸熱 不熱 乍熱 欲雨 不雨 半雨 未雨 正雨
久旱 濃陰 乍雨 微雨 欲雨 半雨 欲晴 微陰
[上] 霽 晴 冷 方冷 漸冷 初冷 乍冷 方陵

纔煖　猶煖　初煖　猶熱　差熱　初熱　將暝　將雨

初霽

○微凉酷熱二十三 與前類互用 【上虛】死【下半虛】

【平】微凉　新凉　餘凉　清凉　微和 春風扇微和　輕寒　訢〃

清寒　祈寒　嚴寒 嚴盛也　隆寒　癡寒　餘寒　陰寒

微凉　微温　煩蒸　清和　微寒

【上仄】嫩寒　薄寒　峭寒　冱寒　盛寒　極寒　酷寒

嫩凉　少晴　大晴

【仄】酷熱　極熱　薄熱　濕熱　盛熱　酷暑

薄暑　溽暑　大暑　畏暑　薄冷　極

大旱　冱凍

【上平】微煖　輕煖　微煥　新霽

新暑　輕暑　焦暑　微暑　煩暑　微冷

餘熱　煩熱　微爽　輕爽　新爽　清爽　隆暑

○寒輕暑薄二十四 【上半虛】【下虛】死

【平】寒輕　寒微　寒隆　凉微　凉輕

【上仄】煖微　煖輕　暑輕　暑隆

【仄】暑薄　暑盛　暑溽　暑酷　暑熾　煖薄　煖極　冷極

凍冱

【上平】寒薄　寒勁　凉薄　炎毒

○催寒送煖二十五 與天文門生寒布煖互用 【上虛】活【下半虛】

【平】催寒　增寒　留寒　添凉　慳晴　翻晴　烘晴　舒和

留蒸 雨

【平仄】借凉　逗凉　兆凉 送凉氣開秋兆　扇凉　遞凉　薦凉　送寒

〔平〕清涼 夜涼 秋涼 新涼 高涼 通涼 嫩涼 送寒

留寒 雨

〔平〕偏寒 凝寒 留寒 餘涼 輕晴 初晴 新晴 晴和

〇偏寒 殘寒 二十五 〔平〕 〔仄〕

〔平〕寒輕 寒勁 涼生 春寒

凍 冱

〔仄〕暑輕 暑減 暑清 暑薄 暖 暖 冷 極

〔平〕涼輕 寒輕 暑輕 暑退 暖 寒 令

〔平〕寒輕 寒威 寒退 涼輕

〇寒輕 暑薄 二十四

餘熱 殘熱 微熱 輕熱 新熱 清熱 餘暑

新暑 輕暑 殘暑 微暑 殘暑 微冷

詩韻卷之三 十二

〔平〕微暖 輕暖 微寒 新寒

大旱 冱凍

暑 酷暑 大暑 炎暑 薄冷 極

〔仄〕酷熱 極熱 薄熱 溫熱 減熱 酷暑

微涼 乍晴 大晴

〔平〕微寒 薄寒 晴寒 餘寒 減寒 極寒 嚴寒

微涼 微溫 微涼 清寒 微寒 峭寒

清寒 新寒 嚴寒 陰寒 驟寒 餘寒 陰寒

〔平〕微涼 新涼 餘涼 清涼 微冷 春寒 輕寒

〇微涼 酷熱 二十三

初霽 ……

新霽 晴霽 初霽 新霽 初晴 晴霽

作寒 弄寒 試寒 護寒 結寒 放晴 轉晴 護晴
作晴 洒涼 送涼
[仄] 送煖 弄煖 播煖 借煖 轉煖 破煖 透煖 敵暑
奪暑 薦爽 挹爽 逓冷 送冷 釀冷 送暑 結凍
解暑 轉燠 怯暑 透冷 布燠
[上平] 迎爽 回暖 添暖 催暖 生暖 揚暖 催暑 留暑
薫暑 徂暑 開霽 催冷 添冷

○寒生暑退二十六 [上平虛[illegible]]

[平] 寒生 寒催 寒来 寒侵 寒收 寒凝 寒[illegible]
凉催 凉生 陽回 陽凝 陽生 陰生 陰凝 日[illegible]
晴回
[上仄] 暖回 煖来 煖生 煖侵 煖烘 暑收 暑生 暑蒸
暑徂 暑消 暑煎 冷侵 冷回 冷催 冷凝 凍凝

凍消
[仄] 暑退 暑往 暑至 暑去 暑減 暑却 暑逼 煖至
煖入 煖透 煖逼 煖布 煖轉 冷徹 冷透 冷浸
冷逼 凍解 凍釋 凍合 凍結 凍減
[上平] 寒退 寒入 寒逼 寒透 寒歛 寒極 寒減 寒至
凉透 凉至 凉入 陽極 陰極 陰伏

[天文] ○霜晨雪夜二十七 與天文門霜天雪月互用 [並實]

[平] 霜晨 霜朝 霞天 星天 煙空 煙宵
[上仄] 雪朝 雪宵 雨宵
[仄] 雪夜 雪景 雪暮 雪曉 月夜 月曉 月晝 日晝
日午 雨夜 月夕 月午

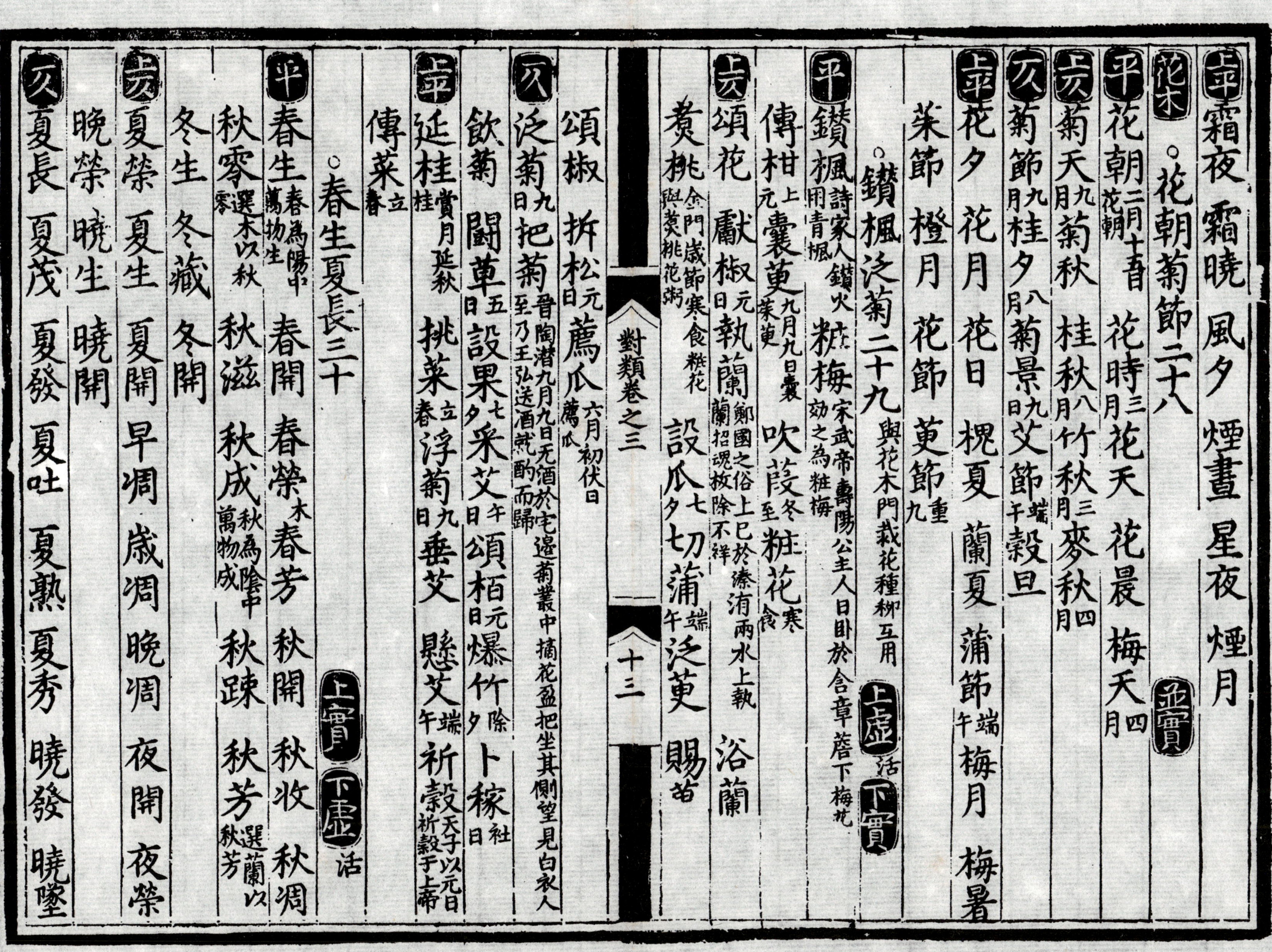

上平 霜夜 霜曉 風夕 煙晝 星夜 煙月 並實

花木 ○花朝菊節二十八

平 花朝 二月十五花朝 花時 三月 花天 花晨 梅天 四月

上去 菊天 九月 菊秋 桂秋 八月 竹秋 三月 麥秋 四月

入 菊節 九月 桂夕 八月 菊景 九日 艾節 端午 穀旦

上平 花夕 花月 花日 槐夏 蘭夏 蒲節 端午 梅月 梅暑

茱節 橙月 花節 萸節 重九

○鑽楓泛菊二十九 與花木門栽花種柳互用 上虛 活 下實

平 鑽楓 詩家人鑽火用青楓 粧梅 宋武帝壽陽公主人日卧於含章簷下梅花效之為粧梅

傳柑 上元 囊萸 九月九日囊茱萸 吹葭 冬至 粧花 寒食

上去 頌花 獻椒 元日 執蘭 鄭國之俗上巳於溱洧兩水上執蘭招魂拔除不祥 浴蘭

煮桃 金門歲節寒食粧花與煮桃花粥 設瓜 七夕 切蒲 端午 泛萸 賜茖

頌椒 拆松 元日 薦瓜 六月初伏日薦瓜

入 泛菊 九日 把菊 晉陶潛九月九日无酒於宅邊菊叢中摘花盈把坐其側望見白衣人至乃王弘送酒就酌而歸

飲菊 鬪草 五日 設果 七夕 采艾 午日 頌栢 元日 爆竹 除夕 卜稼 社日

上平 延桂 賞月延秋桂 挑菜 立春 浮菊 九日 垂艾 懸艾 端午 祈穀 天子以元日祈穀于上帝

傳菜 立春

○春生夏長三十 上實 下虛 活

平 春生 春為陽中萬物生 春開 春榮 木 春芳 秋開 秋收 秋凋

秋零 選木以秋零 秋滋 秋成 秋為陰中萬物成 秋踈 秋芳 選蘭以秋芳

冬生 冬藏 冬開

上去 夏榮 夏生 夏開 早凋 歲凋 晚凋 夜開 夜榮

晚榮 曉生 曉開

入 夏長 夏茂 夏發 夏吐 夏熟 夏秀 曉發 曉墜

夏長　夏茂　夏發　夏出　夏熱　夏芳　曉發　曉鶯

曉榮　曉生　曉開

夏榮　夏生　夏開　早凋　歲凋　晚凋　夜開　夜榮

冬生　冬藏　冬開

秋零　秋盛　秋成　秋疎　秋芳　秋凋

春生　春開　春榮　春芳　秋開　秋收　秋凋

○春生夏長三十　上實下虛詁

傳萊 春立

延桂　採萊 春立　浮蘅 日九　華艾　懸艾 午端　新竹

飲蘅　關草 日五　設果 夕七　采艾 日午　頌柏 日元　爆竹 除夕　下橡 日社

泛菊 日九　泛蒲

頌椒　折柳 日元　薦瓜

黃花　設酒　乞巧　泛蒲 午端　送窮　貽芍

頌花　獻椒 日元　執蘭　祓禊　浴蘭

傳柑　賞菊　吹葭　折花

贊鈴　泛菊　二十九　上虛下實詁

萊節　燈月　花節　黃節 九重

花夕　花月　花日　桃夏　蘭夏　蒲節 午端　梅月　梅暑

菊節 月九　桂夕 月八　菊景 日九　艾節 午端　菊旦

菊天 月九　菊秋　桂秋 月八　竹秋 月三　麥秋 月四

花朝　花晴 月三　花天　花晨　梅天 月四

○花朝菊節二十八　上實

霜夜　霜曉　風夕　煙晝　星夜　煙月

曉落　早綻　晚墜　暮落　夜落　夜發　夜合

【上平】春發（當春乃發生）　春綻　春吐　春艷　秋落（淮南子一葉落而天下知秋）

秋墜　秋吐　朝吐　朝落　冬秀（冬嶺秀孤松）　冬茂

【禽獸】○鶯春燕社三十一　【並實】

【平】鶯春　鶯時　蟬秋　蛩秋　雞晨　龜齡　龜年　鳩春

【上仄】燕春　鷄秋　鴈秋

【仄】燕社　鴈夜　鶴歲

【上平】蚕月　鶯曉　螢夕　雞旦

【宮室】○庭春院午三十二　【並實】

【平】庭春（庭春入眼濃）　臺春　樓春　園春　江秋　庭秋　邊秋

林秋

【上仄】塞秋　岸秋

【仄】院午

【上平】窗曉　宮曉　庭午

【聲色】○青春素節三十三（與天文門青天白日互用）　【上平實】【下實】

【平】青春（春木德其色青）　青陽（爾雅春為青陽）　朱明（爾雅夏為朱明）　朱炎　清晨

清朝　黃昏　清宵　清秋　清商　玄冬

【上仄】素商　素秋　白藏

【仄】素節（纂要秋曰素節）　素景（秋）　白日　白晝　黑夜

【上平】清旦　清曉　清晝　清夜　清灝（秋）　朱夏　炎夏

○昏黃曉白三十四　【上實】【下半實】

【平】昏黃　春青　秋清　晨清

【上仄】夏朱　曉清　景清

【仄】曉白　暮紫　晚碧（杜晚來山更碧）　晚翠（杜翠屏宜晚對）　夜黑

【仄】曉白　暮紫　曉碧史記曉碧山　曉翠曉翠崦杜詩翠屏宜　夜黑

【上仄】夏朱　曉清　景清

【平】昏黃　春青　秋清　晨清

○昏黃曉白三十四

【上平】清旦　清曉　清晝　清夜　清顥顥秋　朱夏　炎夏　【上實】【下半實】

【仄】素節素節秋節暮商　素景素景秋　白日　白晝　黑夜

【上仄】素商　素秋　白藏

清朝　黃昏　清宵　清秋　清商　玄冬

【平】青春青春春木總其　青陽青陽春為　朱明朱明夏為　朱炎　清暑

【節令】○青春素節三十三與天文門青天白日互用　【半實】【平實】

【上平】窗曉　宮曉　庭午

【仄】院午

【上仄】寒秋　岸秋

林秋

【平】庭春庭春入眼來　臺春　樓春　園春　江秋　庭秋　邊秋

【宮室】○庭春院午三十二　【半實】

【上平】香月　鶯曉　螢夕　雞旦

【仄】燕社　雁夜　鶴歲

【上仄】燕春　鶴秋　雁秋

【平】鶯春　鶯時　蛩秋　雞晨　龜齡　龜年　鴻春

【鳥獸】○鶯春燕社三十一　【半實】

秋墜　秋吐　朝吐　朝落　冬秀松柏嶺秀　冬茂

【上平】春發當春乃發　春綻　春吐　春艷　秋落一葉落知天下秋

曉落　早綻　曉墜　暮落　夜落　夜放　夜合

上平 秋素 商素 昏黑 曛黑 謝靈運詩朝遊窮曛黑

並半實

○青皇赤帝三十五

平 青皇 東皇 春皇 勾芒 春工 春官 並春 炎精 炎官 並夏 玄冥 玄神 玄英 並冬 牛郎 星 馮夷 水神 金神 秋 蜚廉 嫦娥 月

上仄 祝融 夏 蓐收 秋 歲君 社公 社神 阿香 雷神 素娥 月 化工

仄 赤帝 夏 白帝 秋 黑帝 冬 太昊 少昊 並秋 北帝 夏帝

上平 青帝 春帝 並春 冬帝 顓帝 並冬 西帝 商顥 並秋 青女 霜神 西灝 滕六 雪神 炎帝 夏

○春光夏氣三十六

上實 下半虛

平 春光 春華 春容 春輝 春聲 春陰 秋光 秋容 秋聲 秋陰 晨光 寒聲 涼聲 和聲 寒輝

上仄 霽華 夜光 夜聲 夏陰 夕陰 選秋光澄夕陰 曉容 曉陰 曉光 暮容 漏聲 午陰

仄 夏氣 蘭池清夏氣 曉氣 旦氣 夜氣 曉色 晚色 夜色 夏景 晚景 臘信

上平 春色 春意 鵑啼春意動 春氣 春信 春令 秋意 秋信 秋令 冬令 冬意 冬信 秋序 秋色 秋氣

○時光景色三十七

上實 下半虛

平 時光 風光 光陰 年華 韶華

上仄 歲華 物華 歲功

仄 景色 景象 景物 景致 節氣 節物 物色

上平 時景 光景 風致 風景 風物 風色

○寒光煖氣三十八 與前二類互用

並半虛

平 寒光 炎光 韶光 晴光 寒威 炎威 寒聲 陰容
去 暑威 凍痕 冷容 煖容 霽容
仄 煖氣 暑氣 熱氣 冷氣 淑氣 爽氣 凍色 冱色
平 炎氣 涼氣 寒色 和氣 晴色 晴意 晴景 涼意
暝色 霽色 煖信 煖色
陰氣 寒力 寒信 涼信 寒意 寒氣

并實

人物 ○堯時夏歲三十九
平 堯時 周時 周正 秦冬
去 夏正 夏時
仄 夏歲 夏朔 漢曆
平 堯曆 湯旱 秦閏 湯日

人事 ○春遊夜坐四十 與身體門春心曉興互用 與文史門朝吟夜誦互用

平 春遊 春行 春醒 春耕 春眠 春蒐 秋思 秋悲
秋行 秋收 宵征 晨炊 晨遊韓晨遊百花亭 晨征 晨興
朝行 朝欣 朝歌
去 夏耘 夏苗 夏眠 曉行杜曉行湘水春 曉遊 晝眠 早朝
午炊 早行 宿醒 晚歸 晚登 暮歸 夜遊 夜吟
夜行 夙興詩夙興夜寐 曉登
仄 夜坐 夜宴 夜寐 夜醉夜醉長沙酒 夜宿柳子厚詩漁翁夜傍西岩宿
夜飲詩厭厭夜飲 夜舞晉祖狄與劉琨同寢中夜起舞 夜臥 早起 曉起 曉步
曉坐 曉望 早去 夏宴 夏賞 夏浴 晝睡 晝臥
晝寢語宰予晝寢 晚醉 晚對詩翠屏宜晚對 晚望 晚浴 晚釣
晚坐 晚泊 晚宿 晚酌 晚出 晚爨 午醉 午睡
上 春醉 春飲 春宴 春睡 春酌清夜沉沉動春酌 春步 春種

春省 春望 春賞 秋步 秋賞 晨省 晨起 秋斂

冬狩 冬讌 冬望 冬賞 朝覲 秋望

○迎春送夏四十一（與花木門爭春破臘互用）

平 迎春（月令天子迎春東郊） 尋春 遊春 思春 傷春 生春 留春

上虛 活 下實

逢春 窺春 藏春 懷春 催春 迎秋（天子迎秋西郊） 吟秋

驚秋（客意已驚秋） 知秋 逢秋 悲秋（宋玉悲秋） 迎冬（月令天子迎冬北郊）

逢時 知時 隨時 粧年 祈年

上仄 感春 餞春 挽春 送春 打春 惜春 賞春 探春

感秋 望秋 送秋 餞秋 有秋 禦冬 競辰 餞冬

賀冬 餞年 待時 感時（杜感時花濺淚） 惜陰（大禹惜寸陰）

仄 送夏 結夏（四月十五日結夏） 解夏（僧家七月十五日解夏） 度夏 獻歲 送臘

餞臘 待臘 待旦 祭社 報曉 繼晷 應候 應節

逐節 望歲 守歲 分歲 粧歲 粧節

上平 迎夏（月令天子迎夏南郊） 逢夏

○愁寒怨暑四十二

平 愁寒 迎寒 咨寒 乘涼

上虛 活 下半虛

上仄 怕寒 苦寒 耐寒 禦寒 送寒 餞寒 畏寒 納涼

負暄（列子田父負日之暄） 取涼

仄 怨暑 畏暑 度暑 送暑 避暑 苦熱 怕熱 濯熱

怯冷 喜霽

上平 逃暑 憂旱

○登高競渡四十三

平 登高（九日） 迎新（詩共惟新故歲迎送一宵中） 尋芳

上虛 活 下半實

上仄 送窮（除夕） 踏青

[去]送窮 踏青 [illegible] 放燈 [illegible]

[平]登高 九日 迎新 [illegible]

○登高 [illegible] 四十三

[上]迎暑 [illegible]

怯冷 喜雨 [illegible]

[入]祝暑 畏暑 度暑 送暑 避暑 苦熱 怕熱 避熱

負暄 [illegible] 取涼

[去]怕寒 苦寒 耐寒 禦寒 送寒 見寒 納涼

[平]禁寒 迎寒 [illegible]寒 [illegible]寒

○禁寒 消暑 四十二

[平]迎夏 [illegible] 逢夏 分歲 [illegible]

迎節 望歲 守歲 [illegible]

餞臘 待[illegible] 待旦 祭社 報賽 [illegible] 應節 [illegible]

[入]送夏 [illegible] 餞夏 [illegible] 解夏 度夏 [illegible] 送臘

賀冬 餞年 待時 感時 惜陰 [illegible] 餞冬

感秋 望秋 送秋 餞秋 有秋 [illegible] 競渡 餞春

[上]感春 餞春 悦春 送春 打春 惜春 賞春 探春

逢時 知時 順時 [illegible] 祈年

[illegible]秋 知秋 逢秋 悲秋 [illegible] 迎冬 [illegible]

逢春 覽春 [illegible]春 懷春 惜春 迎秋 [illegible] 令秋

[平]迎春 [illegible] 尋春 遊春 思春 傷春 生春 留春

迎春 送夏 四十 [illegible]

冬[illegible] 冬[illegible] 冬賞 朝[illegible] 秋望

春[illegible] 春望 春賞 秋賞 暑[illegible] 秋[illegible]

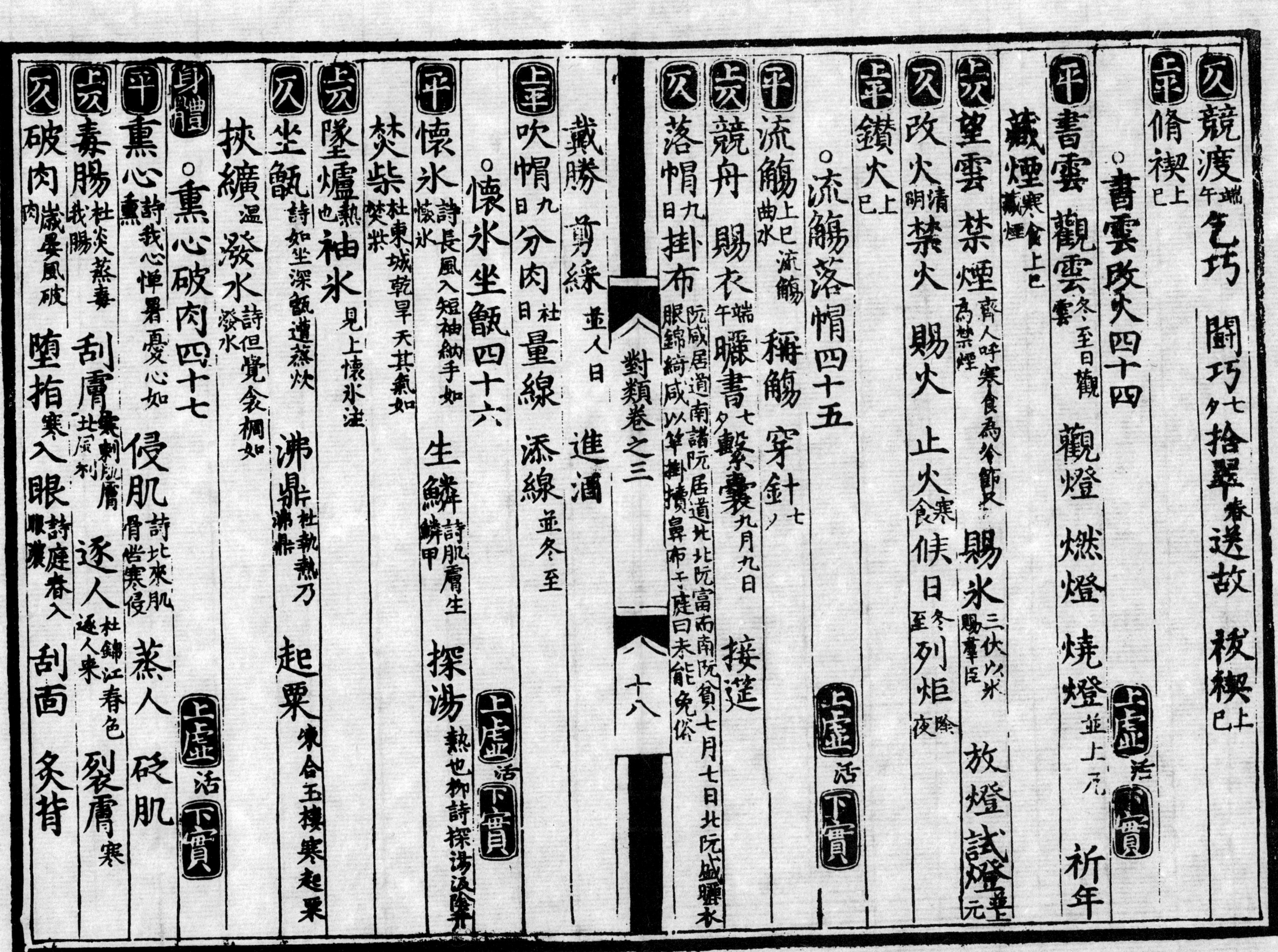

仄 競渡端午 乞巧 鬭巧七夕 拾翠春 送故 祓禊上巳
上平 脩禊上巳 上虛 活 下實
○書雲改火四十四
平 書雲 觀雲冬至日觀雲 觀燈 燃燈 燒燈並上元 祈年
藏煙寒食上巳藏煙
上仄 望雲 禁煙齊人呼寒食為冷節又為禁煙 賜冰三伏以冰賜羣臣 放燈 試燈並上元
仄 改火清明 禁火 賜火 止火寒食 候日冬至 列炬除夜
上平 鑽火上巳 上虛 活 下實
○流觴落帽四十五
平 流觴上巳流觴曲水 稱觴 穿針七夕
上仄 競舟 賜衣端午 曬書七夕 繫囊九月九日 接蓬
仄 落帽九日 掛布阮咸居道南諸阮居道北北阮富南阮貧七月七日北阮盛曬衣服錦綺咸以竿掛犢鼻布于庭曰未能免俗

對類卷之三 十八

戴勝 剪綵並人日 進酒
上平 吹帽九日 分肉社日 量線 添線並冬至
○懷氷坐甑四十六
平 懷氷詩長風入短袖納手如懷氷 生鱗詩肌膚生鱗甲 探湯熱也柳詩探湯汲陰井 上虛 活 下實
焚柴杜東城乾旱天其氣如焚柴
上仄 墜爐熱也 袖氷見上懷氷注
仄 坐甑詩如坐深甑遭蒸炊 沸鼎杜執熱乃沸鼎 起粟凍合玉樓寒起粟
挾纊溫 潑水詩但覺衾裯如潑水
身體 ○熏心破肉四十七
平 熏心詩我心憚暑憂心如熏 侵肌詩北來肌骨苦寒侵 蒸人 砭肌 上虛 活 下實
上仄 毒腸杜炎蒸毒我腸 刮膚寒氣刺肌膚北風利 逐人杜錦江春色逐人來 裂膚寒
仄 破肉歲晏風破肉 墮指寒 入眼詩庭春入眼濃 刮面 炙背

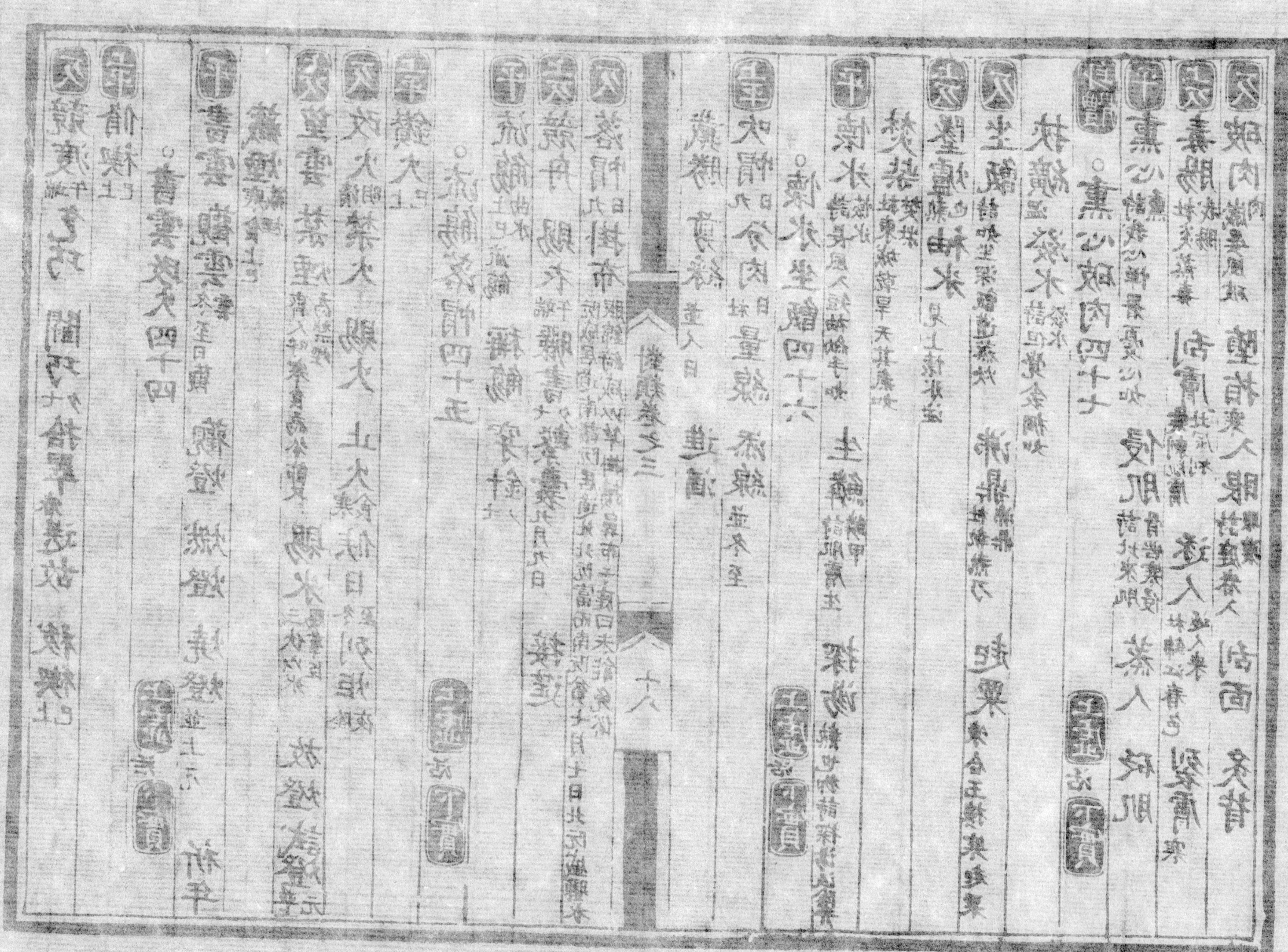

【上平】流汗 杜夾赫衣流汗 侵骨 砭骨 並寒 【上虛】死【下實】

○如湯似水四十八

【平】如湯 熱 如氷 如霜 並冷

【上仄】似霜 冷 似湯 熱

【仄】似水 涼 似雪 寒 似火

【上平】如電 流年去如電 如水 夜色涼如水

○如熏若洗四十九 【並虛】死

【平】如熏 如惔 如焚 如煎 如蒸 已上並暑月 如僵 寒 如流

如飛 並日月

【仄】若洗 似洗 並涼 似浸 冷 若燎 熱

○環循轂轉五十 【上實】【下虛】活

【平】環循 梭飛

【上仄】箭馳

【仄】轂轉 日月 隙過 日 箭度

【上平】梭擲 刀利 秋風利似刀

○更籌曉箭五十一 【並實】

【平】更籌 辰牌 天機

【上仄】曉籌 日圭 土圭測日 漏壺

【仄】曉箭 夜漏 曉漏 午漏 月琯 歲曆 歲籥 日線

【通用】○初來乍到五十二 【並虛】下活

【平】初來 将來 方來 初歸 将歸 纔歸 初臨 将臨

方臨 纔臨 初回 潛回 将回 方回 潛催 方催

将深 初深 方行 将闌 初闌 方新 方殘 初殘

将殘 初長 初逢 方窮

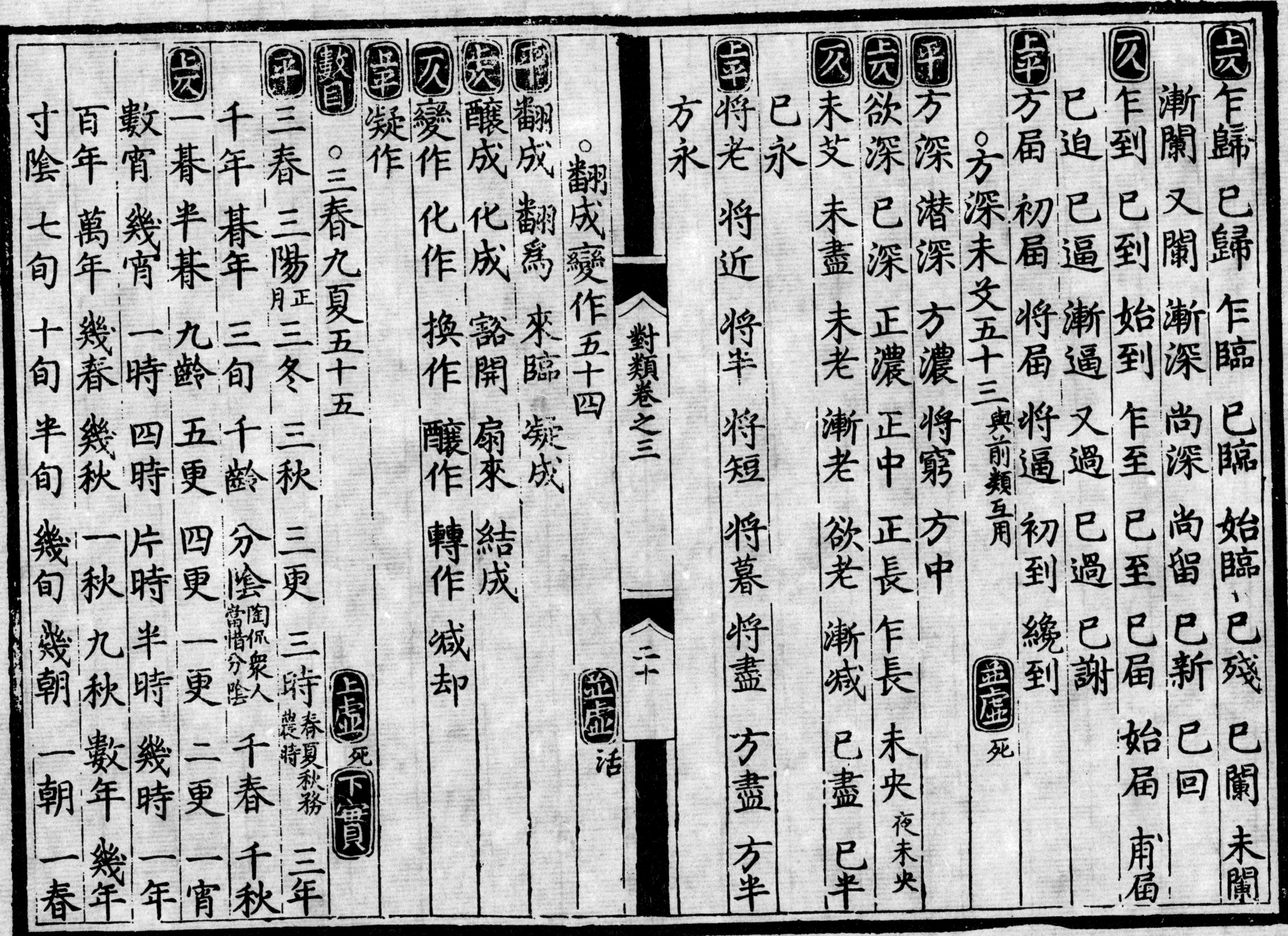

〔上去〕乍歸 已歸 乍臨 已臨 始臨、已殘 已闌 未闌
漸闌 又闌 漸深 尚深 尚留 已新 已回
〔入〕乍到 已到 始到 乍至 已至 已屆 始屆 甫屆
已迫 已逼 漸逼 又過 已過 已謝
〔上平〕方屆 初屆 將屆 將逼 初到 纔到

○方深未艾五十三 與前類互用 〔並虛〕死
〔平〕方深 潛深 方濃 將窮 方中
〔上去〕欲深 已深 正濃 正中 正長 乍長 未央 夜未央
〔入〕未艾 未盡 未老 漸老 欲老 漸減 已盡 已半
已永
〔上平〕將老 將近 將半 將短 將暮 將盡 方盡 方半
方永

○翻成變作五十四 〔並虛〕活
〔平〕翻成 翻為 來臨 凝成
〔上去〕釀成 化成 豁開 扇來 結成
〔入〕變作 化作 換作 釀作 轉作 減卻
〔上平〕凝作

〔數目〕○三春九夏五十五 〔上虛〕死 〔下實〕
〔平〕三春 三陽 正月 三冬 三秋 三更 三時 春夏秋務農時 三年
千年 朞年 三旬 千齡 分陰 陶侃衆人當惜分陰 千春 千秋
〔上去〕一朞 半朞 九齡 五更 四更 一更 二更 一宵
數宵 幾宵 一時 四時 片時 半時 幾時 一年
百年 萬年 幾春 幾秋 一秋 九秋 數年 幾年
寸陰 七旬 十旬 半旬 幾旬 幾朝 一朝 一春

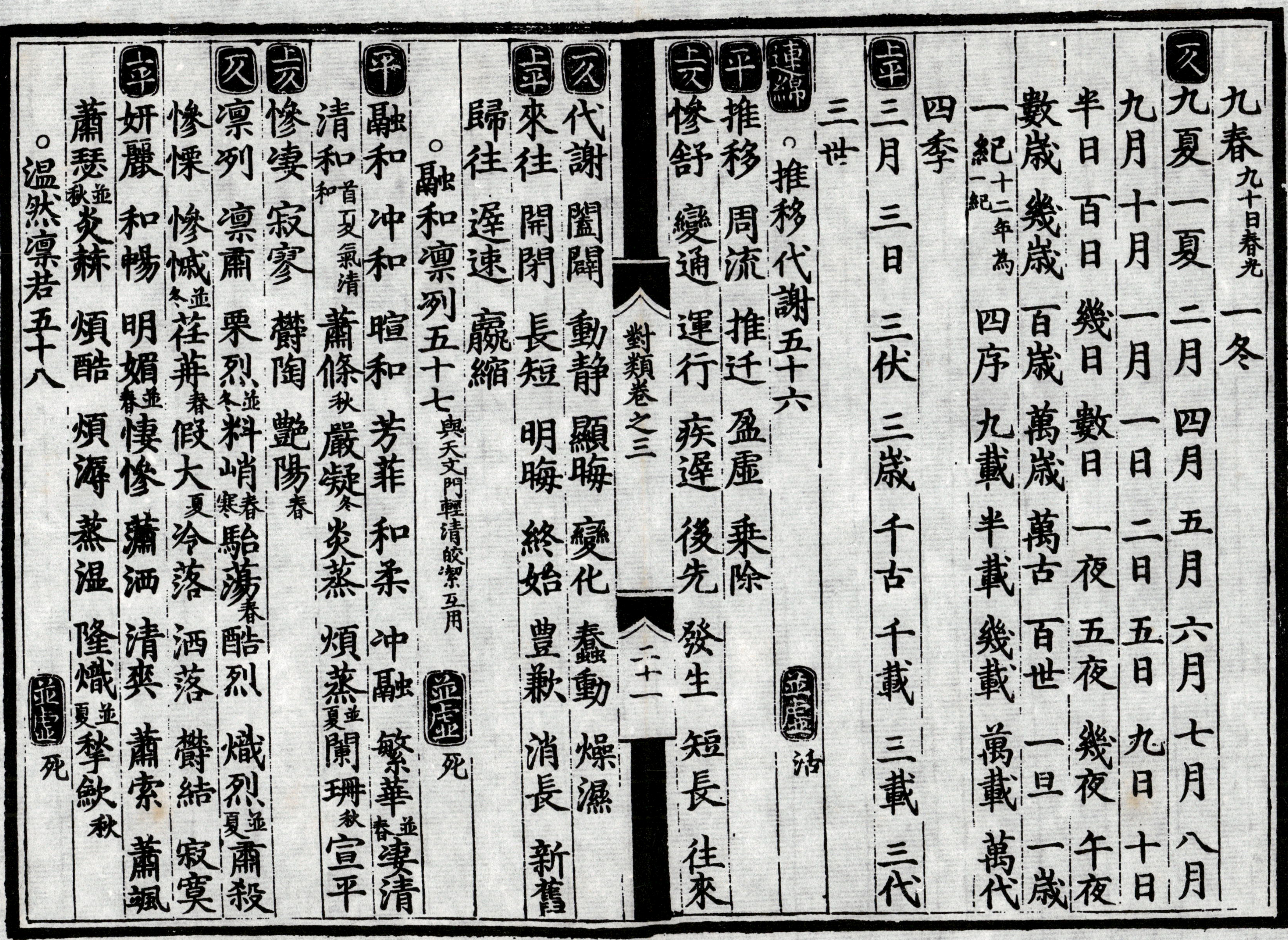

九春(九十日春光) 一冬

[仄] 九夏 一夏 二月 四月 五月 六月 七月 八月

九月 十月 一月 一日 二日 五日 九日 十日

半日 百日 幾日 數日 一夜 五夜 幾夜 午夜

數歲 幾歲 百歲 萬歲 萬古 百世 一旦 一歲

一紀(十二年為一紀) 四序 九載 半載 幾載 萬載 萬代

四季

[上平] 三月 三日 三伏 三歲 千古 千載 三載 三代

三世 [並虛] 活

○推移代謝五十六

[連綿] [平] 推移 周流 推迁 盈虛 乘除

[上仄] 慘舒 變通 運行 疾遲 後先 發生 短長 往來

[仄] 代謝 闔闢 動靜 顯晦 變化 蠢動 燥濕

[上平] 來往 開閉 長短 明晦 終始 豊歉 消長 新舊

歸往 遅速 嬴縮

○融和凜冽五十七(與天文門輕清皎潔互用) [並虛] 死

[平] 融和 冲和 暄和 芳菲 和柔 冲融 繁華(並春) 淒清

清和(首夏氣清和) 蕭條(秋) 嚴凝(冬) 炎蒸 煩蒸(並夏) 闌珊(秋) 宣平

[上仄] 慘凄 寂寥 欝陶 艷陽(春)

[仄] 凜冽 凜肅 栗烈(並冬) 料峭(春寒) 駘蕩(春) 酷烈 熾烈(並夏) 肅殺

慘慄 慘慽(並冬) 荏苒(春) 假大(夏) 冷落 洒落 欝結 寂寞

[上平] 妍麗 和暢 明媚(並春) 悽慘 蕭洒 清爽 蕭索 蕭颯

蕭瑟(並秋) 炎赫 煩酷 煩溽 蒸溫 隆熾(並夏) 揫斂(秋)

○溫然凜若五十八 [並虛] 死

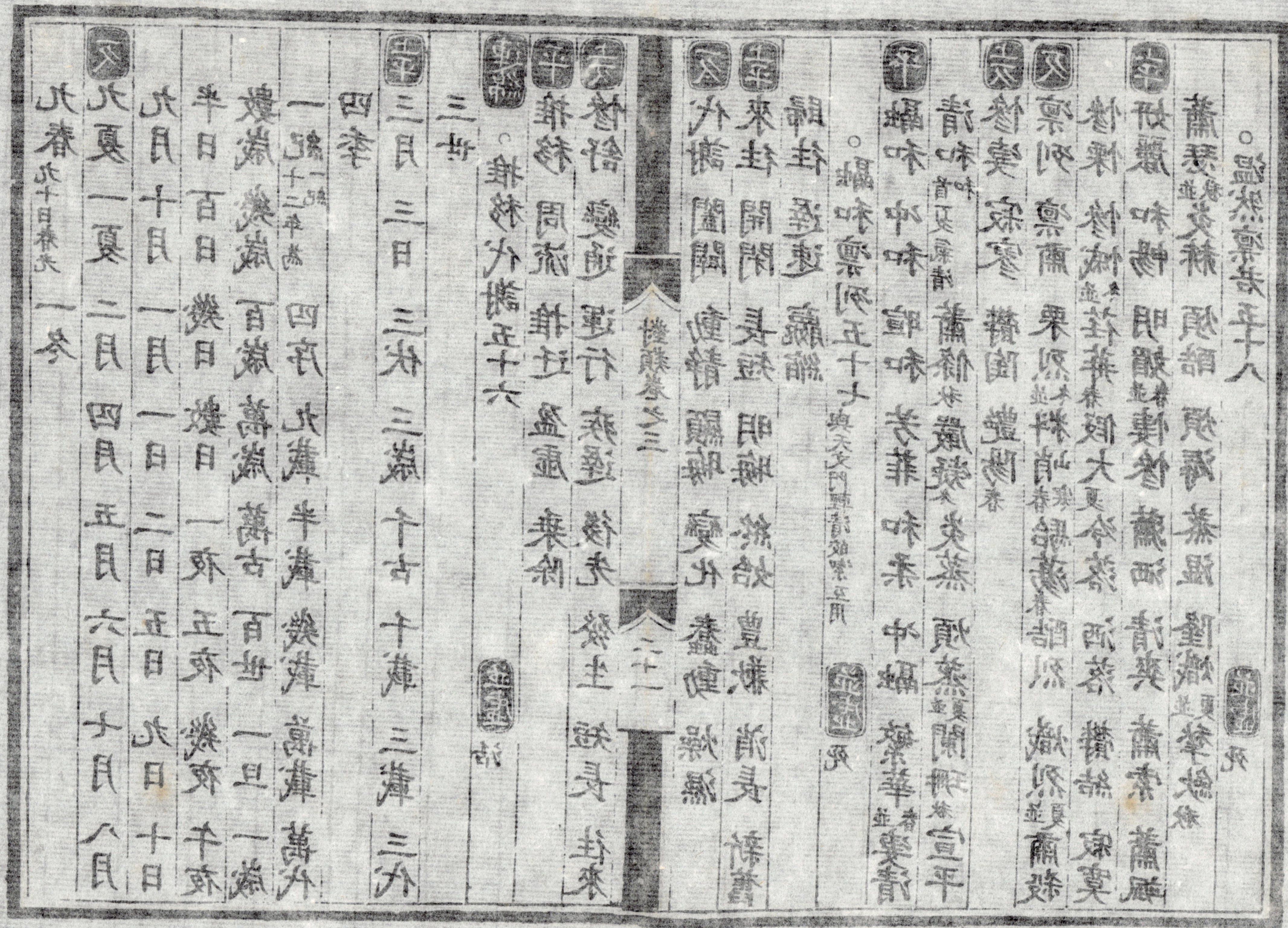

○溫涼凜冽五十八

二字 蕭瑟[敘並] 炎赫 煩暑 蒸溫 隆熾[夏並] 爭斂[敘] 蕭颯

妍暖 和暢 明媚[春並] 燠蒸 蕭洒 清爽[夏並] 蕭索 凄寒

慘慄 慘烈[冬並] 往非 假大[夏] 冷落 洒落 凄結 寂寞

又 凜冽 凛凄 栗烈[冬並] 料峭[春] 溽蒸[春] 酷烈 嚴烈[夏並] 肅殺

又 慘淡 寂寥 蕭條 艷陽[春]

清和[和首夏氣清] 蕭條[秋] 嚴凝[冬] 炎蒸 燠蒸[夏並] 開霽[秋] 宣平

二字 融和 冲和 暄和 芳菲 和柔 冲融 繁華[春並] 凄清

○暄和凜冽五十七 與天文門霽清暖凍互用

二字 歸往 往還 違速 贏縮

又 來往 開閉 長短 明晦 終始 豐歉 消長 新舊

又 代謝 闔闢 動靜 顯晦 變化 蠢動 燥濕

又 慘舒 變通 運行 疾遲 後先 發生 短長 往來

平 推移 周流 推遷 盈虛 乘除

○推移代謝五十六

三世

三字 三月 三日 三伏 三歲 千古 千載 三載 三代

四季

一紀[一紀十二年為] 四序 九載 半載 幾載 萬載 萬代

數歲 幾歲 百歲 萬歲 萬古 百世 一旦 一歲

半日 百日 幾日 數日 一夜 五夜 幾夜 千夜

九月 十月 一月 一日 二日 五日 九日 十日

又 九夏 一夏 二月 四月 五月 六月 十月 八月

九春[九十日春光] 一冬

平 温然 凄然 蕭然 悲哉 惔如 焚如

上仄 肅然 凛然 悄然

仄 凛若 燠若 赫若

上平 寒若 凄若 温若

疊字 ○温温赫赫五十九

平 温温 融融 熙熙(並春) 炎炎(夏) 凄凄 蕭蕭(並秋) 沉沉(夜) 陰陰

仄 赫赫(夏) 肅肅(秋) 凛凛(冬) 淡淡 冉冉 慘慘 慽慽(並秋) 寂寂

悄悄(夜)

並虛 (死)

○時時日日六十

並實

平 時時 年年 朝朝 宵宵 辰辰

仄 日日 月月 歲歲 夜夜 旦旦 暮暮 世世 代代

三字 ○賞月宵書雲日六十一

平 賞月宵 賞雪天 浴佛朝 脩禊時(上巳) 勸農時 禁煙時

立雪時 放燈時 看燈時 改火時(清明改火之辰)

仄 書雲日 禁煙節(寒食) 燒燈夜(上元) 觀雲節 賜衣日 待月夜

報神日(臘) 勸農日

○洛陽春瀟湘曉六十二

平 洛陽春 渭城春 灞橋春 閬苑春 謝池春 楚鄉春

湘水春(杜曉行湘水春) 洞庭秋 楚天秋 別浦秋 鑑湖凉

山市晴

仄 瀟湘曉 湘江曉 蘭池夏 巫山曉 巫峽暮 江南煖

鑑湖景 衡皐暮 湘江夜 吳江冷 洞天曉

○上苑春前村夜六十三

平 上苑春 南浦春 南陌春 右掖春 北塞秋 朔方寒

平 上苑春 南浦春 南陌春 古柳春 北塞秋 朔方寒

○上苑春前村夜六十三

鑑湖景 衡皐暮 湘江夜 吳江令 洞天曉

仄 瀟湘曉 湘江曉 蘭池夏 巫山曉 巫峽暮 江南樣

山市晴

湘水春 杜曉行湘水春 洞庭秋 楚天秋 別浦秋 鑑湖京

平 洛陽春 渭城春 灞橋春 閬苑春 謝池春 楚鄉春

○洛陽春瀟湘曉六十二

祭神日 臘 勸農日

仄 書雲日 禁煙節 寒食 燒燈夜 上元 觀雲節 賜衣日 待月夜

立雲時 放燈時 看燈時 吹火時 清明改火之辰 勸農時

平 賞月宵 賞雪天 浴佛朝 脩禊時 上巳 禁煙時

三字 ○賞月宵書雲日六十一

仄 日日 月月 歲歲 夜夜 旦旦 暮暮 世世 代代

平 時時 年年 朝朝 宵宵 辰辰

○時時日日六十 疊字

悄悄 夜

仄 赫赫 夏 肅肅 秋 凜凜 冬 淡淡 冉冉 慘慘 瑟瑟 秋並

平 溫溫 融融 瀰瀰 遲遲 春並 炎炎 夏 淒淒 蕭蕭 秋並 沉沉 夜 陰陰

二疊字 ○溫溫赫赫五十九

平 淒若 淒若 溫若

仄 凜若 懔若 赫若

平仄 肅然 凜然 悄然

平 溫然 淒然 蕭然 悲哉 悠如 黯如

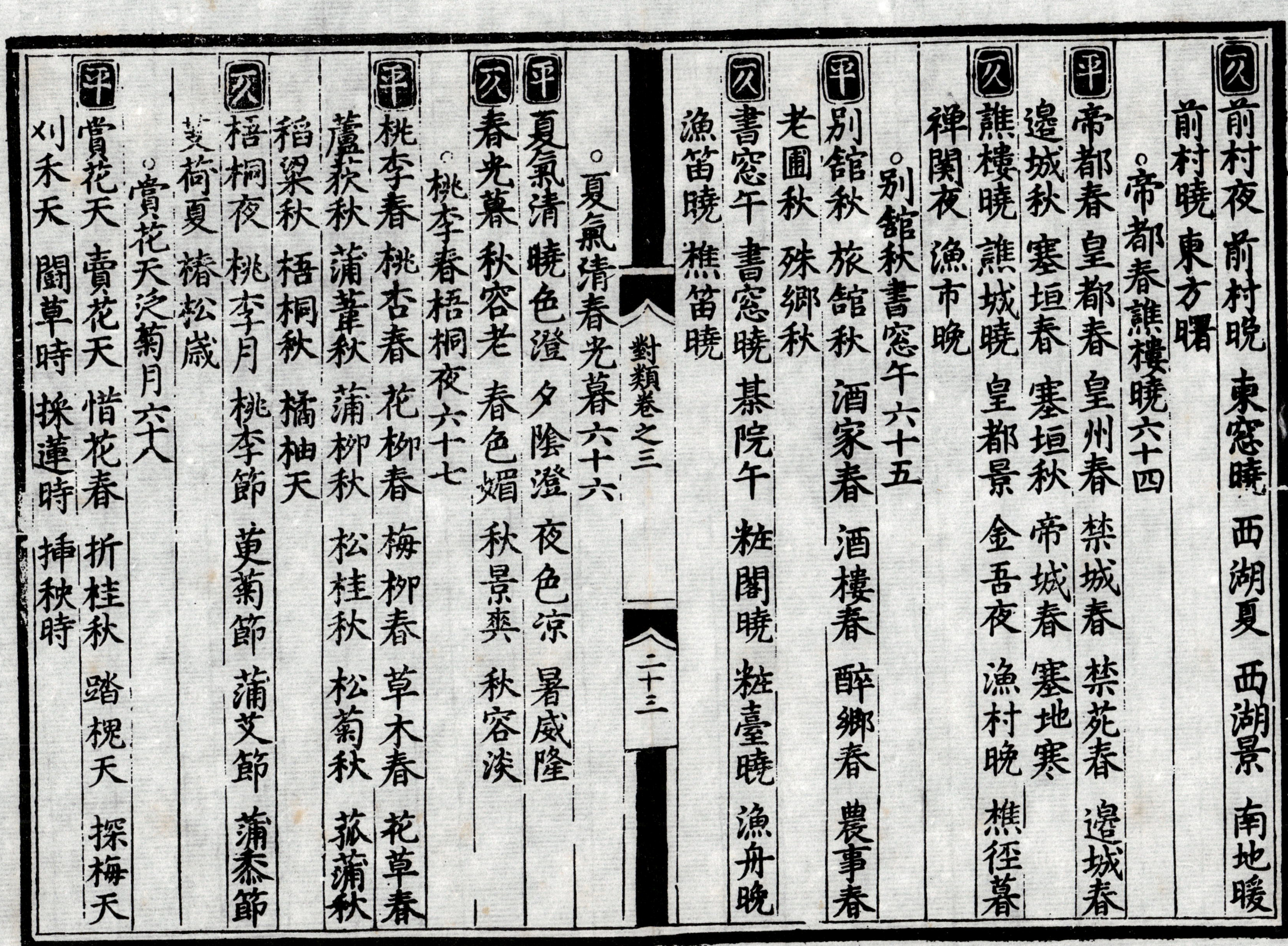

仄 前村夜 前村晩 東窓曉 西湖夏 西湖景 南地暖
前村曉 東方曙
○帝都春譙樓曉六十四
平 帝都春 皇都春 皇州春 禁城春 禁苑春 邊城春
邊城秋 塞垣春 塞垣秋 帝城春 塞地寒
仄 譙樓曉 譙城曉 皇都景 金吾夜 漁村晩 樵徑暮
禅關夜 漁市晩
○別館秋書窓午六十五
平 別館秋 旅館秋 酒家春 酒樓春 醉鄉春 農事春
老圃秋 殊鄉秋
仄 書窓午 書窓曉 棊院午 粧閣曉 粧臺曉 漁舟晩
漁笛曉 樵笛曉

○夏氣清春光暮六十六
平 夏氣清 曉色澄 夕陰澄 夜色凉 暑威隆
仄 春光暮 秋容老 春色媚 秋景爽 秋容淡
○桃李春梧桐夜六十七
平 桃李春 桃杏春 花柳春 梅柳春 草木春 花草春
蘆荻秋 蒲葦秋 蒲柳秋 松桂秋 松菊秋 菰蒲秋
稻粱秋 梧桐秋 橘柚天
仄 梧桐夜 桃李月 桃李節 萸菊節 蒲艾節 蒲黍節
芰荷夏 椿松歲
○賞花天泛菊月六十八
平 賞花天 賣花天 惜花春 折桂秋 踏槐天 探梅天
刈禾天 鬬草時 採蓮時 插秋時

仄 泛菊月 泛萸節 泛蒲節 烹葵月 剥棗月 條桑月
攀桂月 延桂夜 傳柑夜 挑菜日立春

○紅杏春黄橙景六十九

平 紅杏春 緑楊春 碧草春 白蘋秋 紅蓼秋 碧梧秋
紅棗秋 黄蘆秋 紫萸秋 丹桂秋 黄菊秋 緑橘時

仄 黄橙景 黄梅節 黄菊節 黄槐景 丹楓曉 大椿歳
香橙月 香蒲節

○杏花天楓葉曉七十

平 杏花天 菊花天 桂花秋 蓼花秋 荻花秋 蘆葉秋
菜花春 柳梢春 稻花秋 槐花秋 桂枝秋

仄 楓葉曉 梅蕋臘 梅子夏

○賓鴻秋来燕社七十一

平 賓鴻秋 来鴈秋 歸燕秋 鳴蟲秋 鳴鳩春 啼鴂春
乳燕春 来燕時 啓蟄時 驚蟄時

仄 来燕社 啼鴂月 鳴蜩月 鳴蛩夜 啼烏夜 鳴蛙夜
鳴螿夜 啼猿夜 飛鵲夜 飛螢夜 啼鶯曉 鳴雞午
飛龍日

○鴻鴈秋雞豚社七十二

平 鴻鴈秋 鵰鶚秋 蟋蟀秋 鴈鶩秋 燕鶯春 蜂蝶時
馬牛風

仄 雞豚社 魚龍夜 牛羊夕 烏鵲夜 鴻鴈月 犬馬齒
猿鶴夜

○客氊寒僧帳煖七十三

平 客氊寒 客衣寒 客裘寒 客衾寒 旅館寒 旅燈寒

【平】客氈寒 客衣寒 客夢寒 客舍寒 旅館寒 旅燈寒

○客氈寒僧帳暖七十三

旅鷄夜

【仄】雞豚社 魚龍夜 牛羊夕 烏龍夜 鴻雁月 犬馬酉

馬牛風

【平】鴻雁秋 鵰鶚秋 蟋蟀秋 雁鶩秋 燕鶯春 蜂蝶時

○鴻雁秋雞豚社七十二

飛龍日

鳴蛩夜 啼猿夜 飛鵲夜 飛螢夜 啼鶯曉 鳴雞午

【仄】來燕社 啼鵑月 鳴蜩月 鳴蛩夜 啼烏夜 鳴蛙夜

乳燕春 來燕時 啟蟄時 驚蟄時

【平】賓鴻秋 來雁秋 歸燕秋 鳴蟲秋 鳴鳩春 啼鳩春

○賓鴻秋來燕社七十一

【仄】楓葉晴 梅蓮膩 梅子夏

菊花春 柳梢春 稻花秋 榴花秋 桂枝秋

【平】杏花天 菊花天 桂花秋 蓼花秋 荻花秋 蘆葉秋

○杏花天楓葉晴七十

香橙月 香蒲節

【仄】黃橙景 黃梅節 黃菊節 黃櫻景 丹楓曉 大椿歲

紅棗秋 黃蘆秋 紫莧秋 丹桂秋 黃菊秋 綠橘時

【平】紅杏春 綠柳春 碧草春 白蘋秋 紅蓼秋 碧梧秋

○紅杏春黃橙景六十九

攀桂月 庭桂夜 傳柑夜 挑菜日春立

【仄】泛菊月 泛萸節 泛蒲節 煮葵月 剝棗月 條桑月

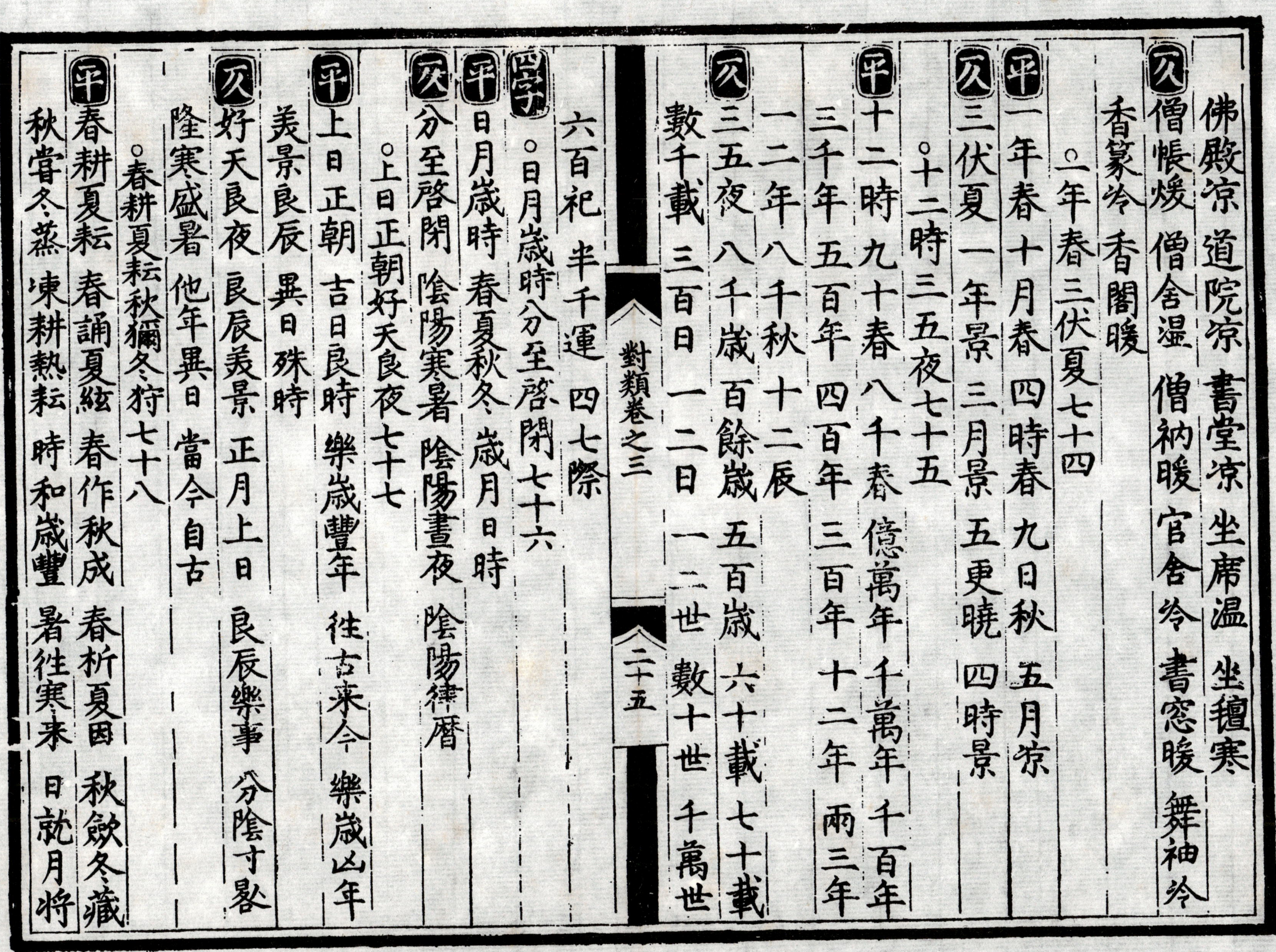

佛殿凉 道院凉 書堂凉 坐席温 坐氊寒

仄 僧帳煖 僧舍濕 僧衲暖 官舍冷 書窓暖 舞袖冷

香篆冷 香閣暖

○一年春三伏夏七十四

平 一年春 十月春 四時春 九日秋 五月凉

仄 三伏夏 一年景 三月景 五更曉 四時景

○十二時三五夜七十五

平 十二時 九十春 八千春 億萬年 千萬年 千百年

三千年 五百年 四百年 三百年 十二年 兩三年

一二年 八千秋 十二辰

仄 三五夜 八千歲 百餘歲 五百歲 六十載 七十載

數千載 三百日 一二日 一二世 數十世 千萬世

六百祀 半千運 四七際

四字 ○日月歲時分至啓閉七十六

平 日月歲時 春夏秋冬 歲月日時

仄 分至啓閉 陰陽寒暑 陰陽晝夜 陰陽律曆

○上日正朝好天良夜七十七

平 上日正朝 吉日良時 樂歲豐年 往古來今 樂歲凶年

羙景良辰 異日殊時

仄 好天良夜 良辰羙景 正月上日 良辰樂事 分陰寸晷

隆寒盛暑 他年異日 當今自古

○春耕夏耘秋獮冬狩七十八

平 春耕夏耘 春誦夏絃 春作秋成 春祈夏因 秋歛冬藏

秋嘗冬蒸 凍耕熱耘 時和歲豐 暑往寒來 日就月將

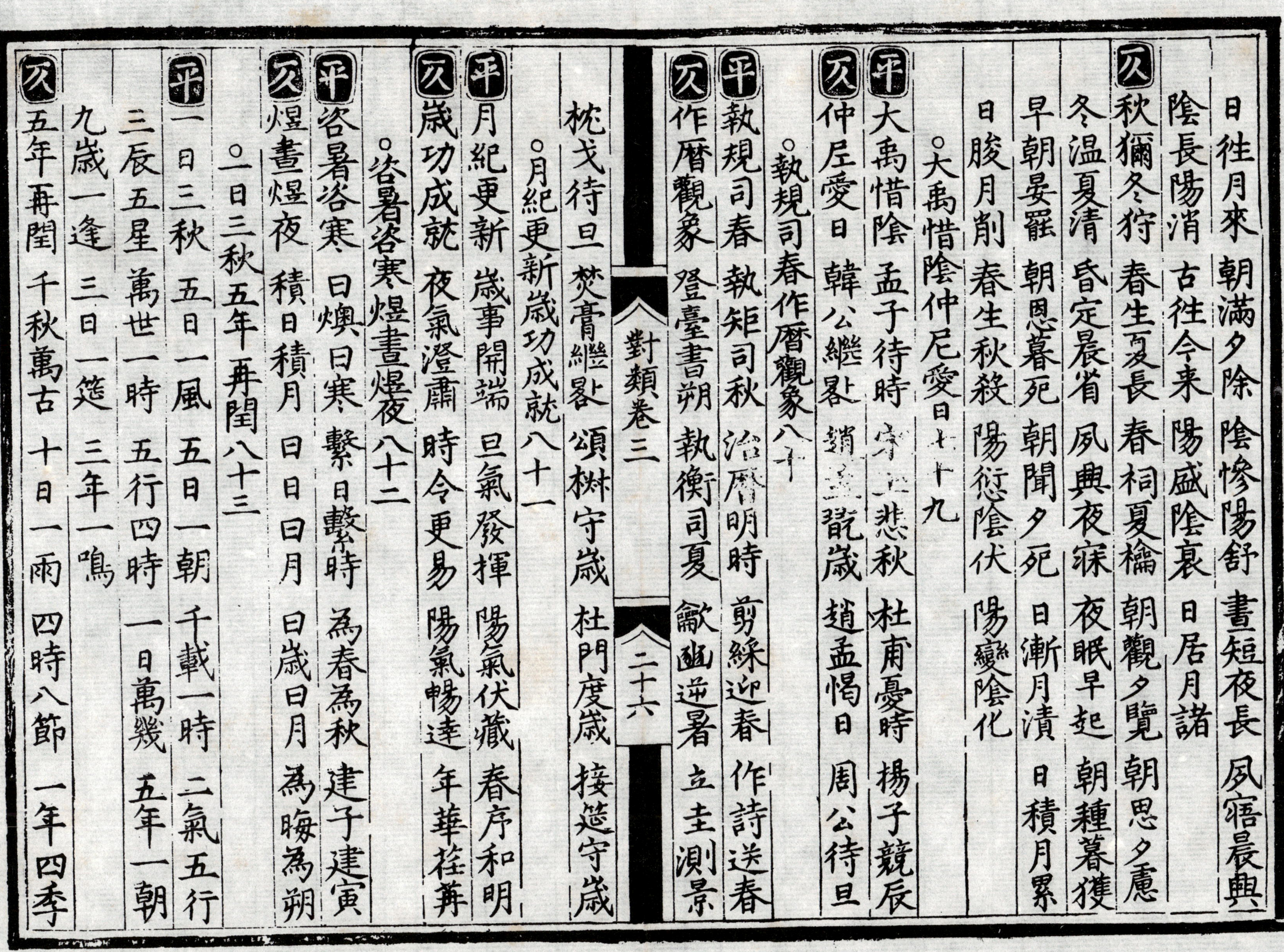

日往月來　朝滿夕除　陰慘陽舒　晝短夜長　夙寤晨興

陰長陽消　古往今来　陽盛陰衰　日居月諸

仄　秋獮冬狩　春生夏長　春祠夏禴　朝觀夕覽　朝思夕慮

冬温夏清　昏定晨省　夙興夜寐　夜眠早起　朝種暮獲

早朝晏罷　朝恩暮死　朝聞夕死　日漸月漬　日積月累

日朘月削　春生秋殺　陽愆陰伏　陽變陰化

○大禹惜陰仲尼愛日七十九

平　大禹惜陰　孟子待時　宋玉悲秋　杜甫憂時　揚子競辰

仄　仲尼愛日　韓公繼晷　趙[illegible]詭歲　趙孟惕日　周公待旦

○執規司春作曆觀象八十

平　執規司春　執矩司秋　治曆明時　剪綵迎春　作詩送春

仄　作曆觀象　登臺書朔　執衡司夏　歛幽逆暑　立圭測景

枕戈待旦　焚膏繼晷　頌椒守歲　杜門度歲　接筵守歲

○月紀更新歲功成就八十一

平　月紀更新　歲事開端　旦氣發揮　陽氣伏藏　春序和明

仄　歲功成就　夜氣澄肅　時令更易　陽氣暢達　年華荏苒

○咎暑咎寒煋晝煋夜八十二

平　咎暑咎寒　曰燠曰寒　繫日繫時　為春為秋　建子建寅

仄　煋晝煋夜　積日積月　日日日月　曰歲曰月　為晦為朔

○一日三秋五年再閏八十三

平　一日三秋　五日一風　五日一朝　千載一時　二氣五行

三辰五星　萬世一時　五行四時　一日萬幾　五年一朝

九歲一逢　三日一筵　三年一鳴

仄　五年再閏　千秋萬古　十日一雨　四時八節　一年四季

一年四序 五風十雨 三年一閏 一日三月 千秋萬歲

千年萬載 萬年億載 千載一會

○三百六旬二十四氣八十四

平 三百六旬 凡七八年 九十八年 七十五年 一十九年

仄 二十四氣 七十二候 二十四考 一十二月 二十八節

一十二度 千有餘歲 八百餘歲 三十三載 五六十載

對類卷之三